天国の犬ものがたり

～僕の魔法～

藤咲あゆな／著
堀田敦子／原作　環方このみ／イラスト

★小学館ジュニア文庫★

目次

僕(ぼく)の魔法(まほう)

1．リキと光

「光──っ、降りてきてー。帰ってきてるんでしょ──っ？」

一階から母さんの声が聞こえてきたけど、僕はベッドの上から動く気がしなかった。

毎週読んでる漫画雑誌『サタデーZX』が、おもしろくてなかなか止められないっていうのもあったんだけど。

「光──、聞いてるの────!?　リキを獣医さんに連れていく時間よ──」

「…………」

聞こえないふりして漫画雑誌で顔を覆うけれど、部屋には僕しかいないので、あんまり意味はない。

「光──っ！」

僕を呼ぶ母さんの声に、険しさが滲んできた。

雷が落ちる前兆だ。これ以上は無視できない。

観念した僕は雑誌を閉じて、一階へと降りていった。

「めんどくさいなぁ」

玄関に向かうと、母さんが飼い犬のリキにリードをつけているところだった。

「仕方ないでしょ、リキは老犬なんだから。定期健診は大切なのよ。長生きさせてあげなくちゃ」

中型犬のリキは雑種で、全身が茶色の毛で覆われている。もう年寄りだ。

「はいはい」

おざなりに返事をすると、母さんがムッとした顔になった。

「〝返事は一回！〟。おじいちゃんにいつも言われてたでしょ？」

「はーい」

「光、ふざけないで。ほら、行くわよ」

僕はリードを受け取り、母さんに続いてリキと一緒に外に出る。

動物病院は歩いていくにはちょっと遠いので、これから母さんの運転する車で行くのだ。リキはおとなしい犬だから大丈夫だとは思うけど、もし途中で吠えたり暴れたり、または具合が悪くなって吐いたりしたら大変だから、僕が付き添わなきゃいけないんだ。

後部座席にリキとともに座り、僕は窓の外を見る。

友だちの家の前を通ったとき、ため息が出た。

(今日はみんなで遊ぶ約束してたんだよなあ……)

動物病院の待合室は、緊急性の高い動物の患者が診察の順番を待っていることもなく、比較的落ち着いた雰囲気だった。

僕と母さんがソファに並んで座る足元で、目を閉じたリキがじっと伏せたまま順番が来るのを待っている。

（もう年寄りだからかな？　怖がったり嫌がったりして、騒がないのは助かるな……）

「かわいいワンちゃんですね。真っ白で、ふわふわ」

母さんが隣に座るおばあさんの膝の上にいる子犬を見て、話しかけた。

「この前、孫の誕生日にねだられてね、飼うことにしたんです。今日は予防注射に来たんですよ」

当の子犬は、おばあさんの腕の中で好奇心いっぱいで周囲をきょろきょろと見回している。あー、初めての注射なのか。痛い思いをして、病院が嫌いにならなきゃいいけど。

孫娘はというと、マガジンラックの前に座り込み、おとなしく絵本を読んでいた。ねだって飼わせてもらうことになった割には、子犬よりも絵本に夢中な様子だ。

「うちは今日、定期健診で。もうおじいちゃん犬だから、しっかり診てもらわないと」

「あら、長く飼ってらっしゃるの？」

「父が飼っていた犬だったんですけど、父が今年の春に亡くなって……。それでうちが引き取ったんですよ。犬なんて飼うの初めてだし、なにからなにまで初めてで」

「まあ、そうなんですか。でも、おとなしそうなワンちゃんですね」

「ええ、それは助かってます。むやみに吠えたりしないし」

今、母さんが言ったように、おじいちゃんが死んだあと、うちがリキを引き取った。

だけどリキは、おじいちゃんにしかなつかない犬で。

僕は、あんまり好きじゃない。

「高原リキくん、どうぞ」

「リキ、行くわよ。光、あんた荷物持ってて」

母さんが財布やケータイの入ったバッグを僕に預け、リキを連れて、診察室へ入っていく。

僕らがリキを健診に連れてきたのは初めてだけれど、おじいちゃんが生きてた頃は、年に二度のペースで地元の動物病院で受けていたらしい。

（健診って一、二時間かかるんだっけ……？）

僕は、ちょっと眠くなって目をつぶった。


「おい光、こっち持ってくれ」

生け垣の支えにするために、格子状に組んだ竹を縛り終えると、おじいちゃんは僕に道具の入った袋を持つように言った。

「はいはい」

たまの休みに遊びにきたっていうのに、庭仕事の手伝いをさせられた僕は、しぶしぶ受け取る。

僕のいいかげんな返事が気に入らず、おじいちゃんは厳しい表情になった。

「返事は一回!! それにどーせやるなら、いい顔してやれぃ！」

小学校の先生を定年まで勤め上げたおじいちゃんは、退職金で郊外の一軒家を買って、
庭いじりと犬の散歩を趣味に、悠々自適の生活をしていた。

（もう学校の先生じゃないんだからさー）

と少し反抗的な気持ちで口を尖らせつつ、

「いい顔って――――？」

僕が尋ねると、

「笑顔だよう！」

と、おじいちゃんは腰に手を当てて薄い胸を張った。

枯れ木みたいに痩せ細っているのに、やたら元気だ。

「楽しくもないのに笑えないよ」

わけもなくニヤニヤしてたら気持ち悪いし、バカみたいだと思われるじゃないか――。

「あ――？　ばかやろい」

おじいちゃんは、ずいっと顔を寄せてきて、ニッと歯をむき出しにして笑った。

「歯だよう！　歯ぁ出しゃいいんだよう！」

歳の割に立派な歯は全部自前というのが、おじいちゃんの自慢だ。

その迫力に圧倒され、僕は少しのけぞる。

「その顔、ちょっと怖……」

「いいから、やってみい！」

「え〜〜……」

僕はやけくそ気味にニッと歯をむき出し、無理やり口角を上げた。

普段使わない筋肉を使ったから、顔が引きつったけど、

「それでいい！　いい顔じゃねぃか!!」

おじいちゃんは、僕の不自然きわまりない笑顔に、ぐっと親指を立てた。

「歯ぁ出すのはタダだしなっ。いくら出しても損しねえからと思って出しまくってたら、

鉄板を板チョコ並みに噛み切れるぐらい頑丈になっちまったよ」

「あははは、なにそれマジかよーっ」

おじいちゃんの冗談に、作りものだった僕の笑顔は本物に変わっていた。

そばにいたリキは、僕たちがなにがおかしくて笑っているのかわからず、きょとんとした顔で見ている。


「笑顔ってのは魔法さぁ！　何事も笑うと楽しくなるのさぁ！」


口うるさくて厳しかったけど、おじいちゃんのことは大好きだった。

おじいちゃんは、それからちょっとして死んじゃった。

あの日見た笑顔が、おじいちゃんの最後の顔になるなんて——。

僕は思いもしなかったんだ。

「……かる……光！　起きなさい！　終わったわよ」

「ん……」

肩を揺さぶられて僕は目を覚ました。

どうやら、リキの健診が終わるのを待っている間に寝ちゃったみたいだ。

「で、結果はどうだったの？」

「大きな病気とかの兆候はなくって、精密検査を受けるほどじゃなかったそうだけど……リキももう歳だしねえ」

体全体が弱っているってことなんだろう。

リキは小学五年生の僕より年上だ。

犬は十四年も生きれば長生きらしい。

リキは人間でいうと『七十歳以上のおじいちゃん』ってことになる。

母さんはリキのリードを僕に渡し、料金を払いに受付へ向かう。

「……帰るよ、リキ」

僕はあくびをしながら、リキの頭を撫でた。

動物病院から帰宅すると、

「光、リキの散歩に行ってきてちょうだい」

と母さんに頼まれた。

「えー、今日は病院に出かけたから、いいんじゃない？　リキも疲れてるだろうし」

「ごはんいらないの？　私は夕飯の支度があるんだから。ほら、さっさと行く！　あ、悪いけど、パン買ってきて。明日の朝ごはん用のが足りないのよ」

「はいはい」

「返事は一回！」

「はーい」

夕飯抜きは困るし、仕方ない。

リキの首輪にリードをつなぎ、散歩に出る。

「行ってきまーす」

坂の途中に面して建てられている我が家を出ると、僕はリキを連れて、トボトボ歩いて目の前の道を下っていった。スーパーは、坂の下にあるのだ。

「さっき車で出かけたんだから、寄ればよかったのに。めんどくさいなぁ、もう」

僕の愚痴が聞こえているのかいないのか、リキは反応しない。

年寄りだから耳が遠いのか、それともおとなしい性格だからなのか、よくわからない。

犬を飼うのは初めてだし、僕は特に動物好きってわけでもないから、リキとの距離感がどうもつかめないんだよな。

すると、僕らの後ろから足音と楽しそうな声が近づいてきた。

「待って待って、速いよー。あははは」

「わんっわんっ」

僕と同い年ぐらいの男の子と小型犬が、軽快に僕らを追い越していった。

あっという間に小さくなる背中を目で追っていると、僕はうらやましくなる。

僕だって、あんなふうに散歩してみたい。

(けど、リキは年寄りだし)

僕はため息をついて、トボトボ歩くリキを見下ろした。


リキを引き取ってから、僕の生活は変わった。

それまでは、放課後、学校から帰ったら夕飯までの時間に自分の部屋で漫画を読んだりゲームをしたり、友だちと遊びに出かけるというのが、いつものパターンだった。

ごく普通の小学生男子らしく、勉強は夕飯のあと。塾や習い事もやってないから、宿題のない日の夕方以降は、気楽な時間だった。

でも、リキに朝夕のごはんをあげたり、散歩に連れていったりするのが僕の役割になってしまった。

父さんが仕事から帰ってくるのは夜遅くだし、専業主婦の母さんは昼間はリキの面倒を見られるけど、家事で忙しい朝晩の時間帯は手が離せない。

そんなわけだから、自動的に僕がリキの担当になったんだ。

子どもなりに、人付き合いがあるっていうのに、リキのことで友だちとの遊びを断ったり、約束をキャンセルしなきゃいけなかったり。

せっかく遊びに誘われたのに、しょっちゅう断るから、友だちから「最近、付き合い悪いなー、光」なんて、冗談交じりに責められるし。

散歩先で友だちに会ったときの気まずさったらない。遊びを断った理由が犬の散歩だし、その犬もパッとしない雑種のおじいちゃん犬なんだから。

(動物を飼うのって大変だよな、ホントに)

スーパーに着くと、店の前にある犬専用のスペースにリキのリードをつなぎ、僕はカゴは持たずにまっすぐパン売り場に向かった。

急いで買い物をすませてスーパーから出てくると、リキはおとなしく待っていた。

「あれ？」

いつの間にかリキの隣のポールに、知らない子犬がつながれている。

飼い主と離れて不安なのか、時折キャンキャン吠えたりしているけれど、リキは関心なさそうだ。

(よその犬とケンカしたりしないのは手がかからなくていいけど……。ホント、おとなしいよなあ)

「お待たせ。行くぞ、リキ」

リードをポールから外すと、リキはのっそりと立ち上がった。

お使いのお駄賃代わりに、お釣りをもらっていいと母さんから許可が出ていたから、パンを買ったついでに、僕はジュースも買ってきた。

「ちょっと寄ってくか」

帰りに坂の途中にある高台の公園に寄って、僕たちはひと休みすることにした。

夕暮れの公園は、静かだった。

カア、カア……。

カラスの鳴き声なんか聞こえてくると、余計にさみしくなる。

「なんか、いいことないかなあ」

最近、あんまりおもしろいことがなくて、僕は退屈していた。

漫画やテレビはおもしろいけど、そればかりだと飽きるっていうか。

友だちと遊びたくてもタイミングが合わないことが多いし……。

「さっきのヤツ、楽しそうだったよなあ」

(どうせ飼うなら、あのくらいの犬がよかったなあ。小さくてかわいいし)

僕の足元で、リキはおとなしく座っている。

リキは、いつもいつもそう。

おとなしくて、なにを考えているかわからない。

「あーあ、つまんないなー」

ちょっとわざとらしく聞こえるぐらい声を張って言ってみたのに、リキは黙っている。

「シカトかよ……」

ここまで無視されると、ちょっと腹が立ってくる。

(そうだ！)

「リキ！　見て見て、ホラッ」

僕はしゃがみ込んで、リキの鼻先に顔を近づけると、ニッと思いっきり歯を出して笑って見せた。

「びっくりしたか？　おじいちゃんが言ってただろ？　笑顔は魔法だって！」

けれど、リキは僕の変顔を見て、きょとんとしている。

「歯を出すだけでもいいんだぞ。ホラ、おまえもやってみろ」

ぐにぐに。むにむに。

僕はリキの頬や口に手をやって、笑って見えるように顔をいじる。

すると、リキがぱたぱたと尻尾を振った。

「リキ……！」

ぱたぱた。ぱたぱた。

若い犬に比べたらひかえめな振り方だけれど、普段おとなしいリキが初めて見せた感情表現だった。

（おじいちゃんのことを思い出したんだな）

そう思ったとたん、きゅっ、と胸が締めつけられた。

「……そうか、そうだよな。おまえも僕とおんなじで、さみしかったんだよな。ごめんよ」

僕は、リキが好きになった。

それから、リキとの生活はガラリと変わったんだ。

2. リキとの日々

僕はリキとの散歩が大好きになった。

毎朝、毎夕、リキを散歩に連れていくのが、僕の日課だ。

朝は早起きして、学校に行く前に散歩に行く。

はじめの頃こそ早起きはつらかったけれど、慣れてくるとなんでもなくなった。

毎朝、毎夕、同じ時間に散歩に行っているおかげで、近所の知り合いも増えた。

朝は、高台の公園の広場で太極拳をやっている老人会のおじいさんたちや、散歩がてらダイエットに励んでいるおばさんや、朝早くから出勤していく犬好きのＯＬさん。

「おはようございます」

と軽くあいさつだけで終わることもあれば、

「毎朝、エライねえ」

「いえ、日課なんで」

「そっちの道は昨日の雨で水たまりが多くできてるから、気をつけてね」

「はい、ありがとうございます」

「今度、実家に帰ったら、犬のおもちゃ、いくつか持ってくるわね。昔、飼ってたのよ」

「いいんですか？　よかったな、リキ」

なんて、軽く会話を交わすときもある。

夕方は、幼稚園の帰りに買い物に行く若いお母さんと娘のミカちゃんによく会う。

「リキ、こんにちはー」

リキがおとなしいから、ミカちゃんは安心してよく抱きついてくる。

「あんまり強くギュッてしたらダメよ、リキくんが痛がるからね」

「わかってるよぉ」

「最近、この子も犬飼いたいって言い始めたのよ」

「いいですね、リキも友だちが増えたらうれしいと思います」

その他、特にあいさつするわけじゃないけど、散歩コースと時間の一部が重複しているのか、僕とリキを抜かしていくあの男の子と小型犬にもたまに会う。

ある日のこと、

「あはは、待ってよーっ」

「わんっわんっ」

と、いつものように抜かされたあと、

「わー、ハチだ──っ」

道に面した庭木の枝から、ブゥ──ンとハチの群れが飛び出してきた。枝の下に巣ができていて、走り抜けようとする彼らに刺激されたのだろう。

「キャンキャン！」

男の子と犬はハチから逃げ回り、大あわてで走っていく。

彼らには悪いけど、おかげで危険を回避できた僕たちは、

「リキ、今日はあっちの道へ行こう」

と、のんびり方向を変えた。

「あいつらも、リキのペースで散歩してたら、危ない目に遭わずに済んだろうにな……ん？」

道端に咲く小さな花に、リキが鼻を寄せていた。

「わぁ、こんなところに花が咲いてたんだ」

リキのペースじゃなかったら、気がつかなかったかもしれない。

「綺麗だな」

こんなふうに、日常のほんの些細な出来事でも、僕は楽しめるようになっていた。

足元に咲く小さな花も。

人とのふれあいも。

見慣れた景色も。

リキといると、すべてが新鮮ですべてがキラキラした。

友だちとケンカしても。

テストの点が悪くて母さんに怒られても。
悲しいことがあったときでも。
リキと一緒にニッと歯を出して。
嫌なこと、みんな忘れて。
僕らは毎日、日が暮れるまで笑った。
〝今日〟という日までは――。

3　僕の魔法

「楽しかったな、リキ。おまえと過ごした一年は本当に楽しかったよ」

僕の目の前には、静かに眠るリキがいる。

そう、リキはついさっき、眠るように天国に逝ってしまったんだ。

リキを引き取って、約一年。

僕は小学五年生から六年生に上がったばかり。

ここ数日、リキはあんまり食欲がなくて……今日、学校から帰ってきたら、危篤状態に陥っていたんだ。

「リキはきっと、光が帰ってくるのを待っていたのね……」

母さんは涙が止まらないみたいで、ずっと泣いている。

けれど、僕は泣かずに……泣かずに、リキを見送った。

「おじいちゃんに言われたとおり、リキと仲よくなれたときのように笑って、おじいちゃんの代わりに、おまえを見送ることができた……天国でそう、おじいちゃんに伝えてくれよ？」

リキの冷たくなった体を撫でていたらたまらなくなって、僕は立ち上がった。

母さんが泣きながら、僕を見る。

「光……どこ行くの？」

「花、摘んでくる」

僕はそう言って、家を飛び出した。

走っていると、途中で、いつも夕方会う若いお母さんと娘のミカちゃんと出くわした。

「あら、光くん、今日はリキいないの？」

僕はそれに答えず、ただ走る。

走って、走って、走って――……。

気がついたとき、僕は町を見下ろす高台の公園にいた。

夕暮れが、町をオレンジ色に染めている。

この場所は、リキを連れて何度も散歩に来たところだ。

泣くもんか。泣くもんか。

（泣くもんか！）

僕は口の両端を指で引っ張り、ニカッ、と笑う顔を無理やり作った。

おじいちゃんの葬式のときもこうだった。

笑うとなんでも楽しくなるって。

おじいちゃんの言葉を守ったんだ。

うちの父さんや母さん、親戚のおじさんやおばさんたちはみんな泣いていたけど、僕だけは泣かなかった。

泣きたかったけど、無理に笑顔を作って我慢した。

だからきっと。

この悲しみだって、笑えばなんでもなくなるんだ！

そのときだった。

聞き覚えのある声が聞こえたのは。


「バカたれい」

（え……？）

一瞬、聞き間違いかと思った。

でも、僕の目の前にいるのは。

僕の前に立っているのは。

（おじいちゃん！　リキ！）

夕陽の中、おじいちゃんとリキが並んで立っていた。

まるで、そこらへんに散歩に行ってきたみたいな、そんな気軽な感じで。

「泣きたいときは思いきり泣けい！　リキのついでにわしの葬式分も泣いとけい！　わははは」

リキも「そうだよ」って言うように、尻尾をぱたぱた振って、

「わんっわんっ」

と鳴いた。

「たまったもんを洗い流して、そのあとまた、思いきり笑えばいいんじゃい！」

僕はもう限界ギリギリで。

「……んだよ……う。笑えっつったり泣けっつったり……う……っ」

泣き出す寸前で堪えていると、おじいちゃんの手がふわりと僕の頭を撫でた。

リキがそばに来て、僕の手の甲に頬をすり寄せる。

あったかい。

おじいちゃんの手も、リキの頬も。

生きていたときと同じように、あったかくて。

「ふ……うう……っ、うわああわああ――っ」

そうして僕は、大好きだったおじいちゃんとリキを、涙と声が枯れるまで、泣いて泣いて泣いて……見送った。

翌日、僕はいつもどおり学校に行った。

リキが死んで悲しくてたまらないけど、昨日、ちゃんと泣いたせいか、不思議とすっきりした心持ちで朝を迎えることができたんだ。

そして、放課後、掃除の時間。

僕たちの班が割り当てられたのは、校舎裏だった。

ここは雑草がぼうぼうに生えていた。

「うわあ……」

「ひどいな、これ」

同じ班の子たちは見るなり、嫌そうな顔になった。

教室や昇降口の掃除は、どこも面倒だけれど、ここはずっとかがんで、ひたすら草を引っこ抜く作業を続けなきゃいけない。

「やらなきゃ帰れないから、さっさとやろうぜ」

「うん、そうだね……」

軍手をはめて、作業開始。

草をつかんでは、根こそぎ抜いていく。

雑草は生命力が強くて、地面の上に出てる葉っぱの部分だけをむしっても、根っこが残ってるとすぐ生えてくるって、庭いじりが趣味のおじいちゃんが言っていたっけ。

「あーもー、めんどくせーなぁ、草むしり。だいたい、校舎裏なんか放っとけばいいじゃんな？」

そうぼやく木下に向かって、僕は「ニッ」と歯を出して笑ってみせた。

「うわ！　びっくりした。なんだよ、光、いきなり変な顔して」

「どんなときも、笑うと楽しくなるぜー。やってみ、歯ぁ出すのはタダだからな」

ニーッと口の端を真横に引っ張って歯をむき出しにしたまま言うと、木下は気味悪そうに目を丸くした。

「はー？　なにそれ、そんな摩訶不思議な顔できるかーっ」

「いーからやれっての！」

僕は軍手を外し、木下の頬をむにーっと引っ張る。

「ぶっ、ヘンな顔」

「いててて、光こそ。わははは」

すると、僕たちの様子を見ていた同じ班の子たちも、笑い出した。

そうして、みんなで面倒な草むしりを、楽しく笑いながら進めることができたんだ。

悲しいときはたくさん泣いて、そのあとまたたくさん笑う。

どんなときも、笑顔は魔法。

それは、おじいちゃんとリキが教えてくれた。

大切な大切な〝僕の魔法〟――。

そらのいろ

1．チビと圭介くん

「行ってきまーす！」

元気な声が聞こえたとたん、チビは耳をピーンと立てて振り返りました。

（圭介くん！）

玄関からダダダッと走り出てきたのは、飼い主の圭介くん。小学三年生です。

圭介くんのお家は二階建てで、住宅地のど真ん中。お家には小さな庭があって、庭に面した居間には縁側があり、そのすぐそばに、とんがり屋根のチビの小屋があります。

（圭介くん！）

チビはパタパタと尻尾を振って、圭介くんに駆け寄ろうとしました。

（圭介くんッ、ボクも連れてって、連れてって！）

けれど、玄関から門扉へと走る圭介くんに飛びかかろうとした瞬間。

びーんっ！

と体が後方に引っ張られてしまいました。犬小屋の隣にある杭に結んだ鎖の長さが足らず、それ以上行けないのです。

（ぐえっ）

首輪が、ぎゅっ、とのどを締めつけて一気に苦しくなりますが、チビはあきらめません。

（あうっ……この鎖さえなければ、圭介くんを追いかけられるのに……）

すると、庭先で洗濯物を取り込んでいたお母さんが圭介くんを叱りつけました。

「圭介、チビの散歩は⁉　ずーっと、連れてってないでしょう‼」

門扉に手をかけて立ち止まった圭介くんは面倒くさそうに振り返り、

「そんなことないって。ついこの間連れていっただろ？」

「この間って言っても一週間前でしょ？」

「友だちとサッカーすんのにジャマなんだよッ。やべ、遅刻する！」

「ちょっと、待ちなさい、圭介！」

圭介くんはお母さんの声に構わず、門扉を乱暴に開けて、走っていってしまいました。

（圭介くん……）

今日も圭介くんは一緒に遊んでくれる気はないようです。

チビは悲しい気持ちになって、じたばたしていた前足を地面につけました。

「もうっ、夏休みに入ってから遊んでばかりいるんだから！　犬がほしいってごねた割には世話しないし。子どもって飽きっぽくて困るわ！」

お母さんは大きなため息をつき、ちらりとチビを見ると、洗濯物を取り込んで家の中へと入っていきました。

残されたチビは肩を落として、犬小屋の入り口に腰を下ろしました。

（圭介くん、今日も一緒に遊んでくれなかった……）

これでも、このお家に来た頃は雨の日も晴れの日も、いつでも圭介くんは散歩に連れていってくれていたのですが……。

（お母さんが言ってたように、ボクに飽きちゃったのかなあ、圭介くん）

それは、一年半前のことでした。

「ただいまー。圭介、降りてこい！　いいもの見せてやるぞ！」

お父さんに抱かれて、チビはこのお家にやってきました。

チビにとっては初めて見るお家、初めて見る家族。すべてが新鮮です。

興味津々でチビがきょろきょろとあたりを見ていると、圭介くんが、ダダダッと階段を降りて、チビを見るなり、目を輝かせました。

「わあ、犬だ！　お父さんどうしたの？」

「同僚から一匹譲ってもらったんだ」

「やったあ！」

圭介くんは飛び上がって喜びました。

お父さんの会社の同僚の家で子犬が生まれて、里親を探しているという話を圭介くんが聞いたのは先月のこと。

母犬のそばで楽しそうにじゃれ合う子犬たちの動画をお父さんのケータイで見た圭介くんは、すっかり心を奪われて、ことあるごとに「僕も犬がほしい！」とねだっていたのでした。

「覚えててくれたんだね。ありがとう、お父さん！」

「そりゃあ、あれだけ『ほしいほしい！』って言われたら、覚えるさ」

「えへへ」

うれしそうな圭介くんを見て、お母さんは苦笑いしました。

「もう、あなたったら、この子に甘いんだから」

「そう言うなよ。あっちも里親探しで困ってたから、ちょうどよかったんだ」

「圭介、ちゃんと面倒見なさいよ。約束できるわね？」

「もちろんだよ！」

お父さんからチビを受け取り、圭介くんはおそるおそる抱っこしてみました。

「くうんっ」

「こんにちは。僕は圭介だよ。わかる？　け・い・す・け・だよ」

(圭介くん、よろしくね)

くりっくりの目で圭介くんを見つめていると、チビはいきなりぎゅうっと抱きしめられました。

「めちゃくちゃかわいい〜♪　ぬいぐるみみたい」

圭介くんはチビをぎゅうぎゅう抱きしめました。

「ははは、あんまり力を入れすぎるなよ。子犬が苦しいだろ」

「あ、そっか〜〜」

圭介くんはチビを少し離して、見つめてきました。

「本当、かわいいなあ」

「それで、名前はどうするんだ？」

「あ、名前……うーん……」

そうして、少し考えたあと……

「チビ！　ちっちゃくてかわいいからチビにする」

「ははは、まんまだな」

「でも、覚えやすくていい名前だわ」

お父さんもお母さんもチビを見て笑いました。

（チビ……ボクの名前？）

ずっとずっと、前にいた家でチビは「わんこ」、「わんちゃん」、「この子」などと呼ばれていて、ちゃんとした名前がありませんでした。

だから〝チビ〟と呼ばれて、すごくすごくうれしかったのです。

（ボクの名前はチビ！）

「よろしくな、チビ！」

「わんっ」

(圭介くん。ボクの新しい家族！　ずっとずっと仲良しでいようね——)

もう一度ぎゅっとされて、チビは圭介くんのあたたかな腕に抱きしめられました。

そのぬくもりが気持ちよくてドキドキして、チビはとってもしあわせな気持ちになったのです。親や兄弟たちと別れたのは、少しさみしいけれど。

(ボク、このお家の子になってよかったよ……圭介くん)


それから、圭介くんは毎日、チビをお散歩に連れていってくれました。雨の日だって嫌がらず、カッパと長靴で一緒にお出かけです。

「チビ行くぞ！」

「わんっ」

お散歩コースはいつもの近所を一周です。

圭介くんもチビも軽い足取りで、パシャパシャと濡れた道路をどんどん歩いていきます。

（おもしろいものがいっぱい！）

道路にできた水たまり。

色とりどりの傘をさした通行人。

空から落ちてくる雨粒。

湿った空気の匂い。

まだ子どものチビにとっては、興味をそそられるものばかりです。

それに大好きな圭介くんと一緒だから、なんでも楽しいのです。

「わんっわんっ！」

はしゃぎすぎたチビがピョンと飛ぶと、水しぶきが上がり、体がびしょ濡れになってしまいました。水たまりに入ってしまったようです。

（あれ……）

しまった、と思って圭介くんを見上げると、圭介くんはケラケラ笑っていました。

「あははっ！　なにしてんだよ、チビ」

（笑ってくれた！　圭介くんも楽しいんだね♪）

うれしくて、ピョンピョンと何度も跳ねていると圭介くんはチビを見て言いました。

「おまえといると、雨の日も楽しくなるな」

（ボクも圭介くんと一緒にいると楽しいよ……雨の日も晴れの日もぜんぶ好き！）


チビはこんな楽しい日々が、いつまでも続くと思っていました。

毎日、学校から帰ってきた圭介くんとお散歩に行って遊んで……。

ですが、チビが圭介くんのお家に来て一年経った頃には、

「今日は友だちン家でゲームするから、散歩は明日な」

圭介くんは学校から帰ってくるとすぐに家を飛び出してしまうようになったのです。

（明日、お散歩してくれるの？　でも、昨日もそう言っていたよね……）

約束をやぶってばかりの圭介くんに、チビは悲しい気持ちになってしまいました。

それでも、チビは圭介くんを信じて待っていたのですが、そのうち圭介くんは約束すらしてくれなくなったのです。

「ただいま！」

圭介くんは学校から帰ってくると、そのまま外に遊びに行ってしまいます。

「わんっ」

(待って！)

チビは呼び止めますが、圭介くんは見向きもしません。

「わんっ、わんっ」

(遊んで、圭介くん！　どうして遊んでくれないの？)

チビは何度も吠えましたが、その想いは届かず――……。

(そうして今では、ボクが遊んでってじゃれつこうとしても……)

「ジャマなんだよッ」

圭介くんはチビを払いのけるようになってしまったのです。

「くうんっ……」

チビはいろいろ思い出してしまい、しゅんと肩を落として座り込みました。

（ボクは朝から晩まで、一日中ずっとここにいる）

チビは小さな庭を見回しました。

庭には洗濯物の物干し台と竿、そしてお母さんが趣味でやっているガーデニングがあるくらいです。それ以外は特になにもありません。

（一メートルくらいの鎖をいっぱいに伸ばして歩く、犬小屋の周りがボクの世界）

チビがどんなにがんばっても、門扉には届きません。

見えるのは、隣の家の屋根と、この家の屋根との隙間の小さな空。

（それだけが、ボクの世界）

毎日、散歩に連れていってくれた頃は、世界は輝いて見えました。

大きく広がる、青い空。

きらきらと夕陽を反射して流れる川。

まっすぐに伸びる土手沿いの道。

「よし、競争だ！」

土手沿いの道を、チビと圭介くんはよく走りました。リードはついたままでしたが、抜いたり抜かれたりを繰り返すと、いつも最後に圭介くんが立ち止まり、

「ははは、チビは速いなあ」

と息を切らして笑うのです。

（土手に行ったのは、いつだっけ……？）

チビは遠い目をして、屋根と屋根の隙間から見える、狭い空を見上げました。

（ボクも走りたいなぁ。いろんなものを見たいなぁ。圭介くんと一緒に遊びたいなぁ）

やがて日が暮れて、狭い空も暗くなり——。

キイッと門扉が開いて、圭介くんが帰ってきました。

(あ、圭介くん！　おかえりなさい！)

犬小屋から出て、チビは尻尾を振ります。

けれど、圭介くんはチビのほうを見ずに、家の中に入っていってしまいました。

「ただいまーっ。今日の夕飯なに？」

「野菜炒めよ」

「えーっ、カレーかハンバーグがいい！」

「わがまま言わないの！　あ、圭介、夕飯の前に、チビにごはん持っていきなさい」

お母さんの声が聞こえて、

(ごはん！)

犬小屋に戻っていたチビはふたたび、外に出ました。

尻尾を振って待っていると、圭介くんがエサ皿を手に玄関から出てきました。

「ほら。あー、よしよし」

圭介くんはエサ皿をチビの前に置き、頭をちょっと撫でると、

「やべっ、テレビ始まっちゃう!」

と、あわてて家の中に戻っていきました。

バタン!

と玄関ドアの閉じる音がして、チビはふたたび、ひとりぼっちになりました。

さっきまで振っていた尻尾を、しゅん、と下ろします。

(圭介くん、でも、ボクはごはんの時間が楽しみなんだ。だって、このときだけは、圭介くんにふれることができるもの)

ボクに飽きちゃった圭介くんに……——。

2　入れ替わっちゃった⁉

ところがある日、チビは目を覚ましたとたん、とまどってしまいました。

（天井……？　それに布団に寝てる？）

キョロキョロとあたりを見回すと、すぐにそこが圭介くんの部屋だということがわかりました。この家に来たばかりの頃に、何度も一緒にこの部屋で遊んだので間違いありません。

「なんでボク、家の中にいるんだろ……」

（いつの間にか部屋に連れてこられたのかな？）

そんなことを考えつつ、チビはある違和感に気がつきました。

（あれ……？　圭介くんの部屋なのに圭介くんがいない。それに、なんだかいつもより体が重い気が……えっ……⁉）

あわてて起き上がり、チビは自分の体を見ました。

「なにこれ……。ど、どうなってんの……⁉」

あわてて圭介くんの部屋にある鏡をのぞき込むと、そこには——。

「圭介くん……?」

そう、鏡に映ったのは圭介くんでした。

(ボク、圭介くんになっちゃってる‼　これは夢⁉　夢じゃないとこんなことありえないよね……?)

チビは信じられない気持ちになりました。

でも、それと同時にうれしい気持ちがわいてきます。

「鎖がない……」

いつも首に巻きついている邪魔な首輪と鎖がないのです。こんな感覚、初めてです。

(自由だ!)

チビはうれしくて思わず布団の上で飛び跳ねました。

「とうっ」

（わーい！　こんなにジャンプできる。でんぐり返しもしちゃえ！）

今度はごろんと布団の上を転がります。すると、いつもみたいに鎖に邪魔されることなく綺麗に回ることができました。

「すごいすごい！　夢って最高♪」

こうなると、チビは楽しくて仕方ありません。

（飛び跳ねちゃえ！）

びょーんびょーんと、今度は連続で布団の上でジャンプです。

「うわあ、楽しい！　自由に動ける!!」

うれしくて何度も飛び跳ねていると、

「わんっわんっわんっ」

悲鳴のような甲高い鳴き声が窓の外から聞こえてきました。

（あっ、ボクの声だ!!）

すぐに外を見ると、そこにはなんと鎖でつながれた自分の姿がありました。外のチビは、必死に鳴いています。

「わんっわんっわんっ」

（あれ……？　おかしいな、ボクはここにいるのに……まさか、圭介くん⁉　ボクと圭介くん、入れ替わっちゃったんだ——!!）

チビは部屋を飛び出し、急いで外に出ます。どうやら夢じゃなくて、現実です。

（いったいどうして⁉　神様のいたずら⁉）

外のチビ——圭介くんは鳴くのをやめて、こちらを見上げてきました。

（圭介くん……）

不思議な気持ちでチビが、

「圭……」

と声をかけようとしたときです。

「おーい、圭介、サッカーしようぜ——！」

と近所の友だちがふたり、迎えに来ました。

手にはサッカーボールを持っています。

その瞬間、

(外だ!!)

チビは、ダッ、と走り出していました。

「わんっわんっわ……」

び――んっ!

「げほっげほっ」

待ってよ、と鳴いて、鎖の短さに負けて咳き込む圭介くんに気づかずに。

チビは夢中で、大きな空の下へ、飛び出したのです!


子どもたちが使うサッカー場は、河川敷にありました。

(川の匂い……久しぶりだなあ)

チビは鼻をくんくんさせました。

「よーし、始めるぞー」

みんなは二チームに分かれて、遊び始めました。

（ええと、ええと……）

「圭介、ドリブル！」

足元に飛んできたボールを、

「えっえっえっ！　あっ！」

もたついているうちに、敵チームの子に取られてしまいました。

その子がシュートを決め、

「やったー！」

と敵チームが盛り上がります。

（あそこに入れればいいのかあ）

サッカーのことはよくわからないけれど、みんなのプレーを見ているうちに、チビはだんだんルールがわかってきました。

(まずはドリブル!)

「うわっ、圭介を止めろ!」

チビの動きに敵チームは翻弄され、なかなかボールを奪い取れません。

(そして、シュートだ!)

ドカッ!

ゴールめがけて思いっきり蹴ったボールは、ゴールキーパーが動くヒマも与えず、ネットに突き刺さりました。

「わーッ、圭介すげぇ!」

「カッコイイぜ――ッ!!」

チームのみんなが飛んできて、チビを囲み、抱きついたり、肩を叩いたりしました。

(ボクの運動神経にみんなビックリ! 大活躍だ!!)

青空の下、ボールを追いかけて走るのは、なんて楽しいのでしょう。

明るい太陽を浴びて、汗をかくことの気持ちよさ。
シュートを決めて、みんなの歓声を聞くと、自然と胸を張りたくなります。
（楽しいなあ！）
思いっきり走って、思いっきり笑って、思いっきり楽しんで。
チビは大きく伸びをして、澄んだ空を見上げました。
この最高の時間が、ずっと続くといいのに。
（夢なら覚めないで。真っ青な空色のボクの夢――）

その頃、犬小屋のそばでチビになった圭介くんは、屋根と屋根の隙間の、狭い空を見上げていました。

（……小さな空。小さな世界……チビは毎日ここにいたのか。ひとりぼっちで……）

チビの気持ちを実感し、圭介くんはうつむきます。

（これが、チビの日常だったのか……）

キイッ、と玄関ドアが開く音がして、圭介くんは顔を上げました。

出てきたのは、エサ皿を手にしたお母さんです。

「チビ、ごはんよ」

（お母さん！）

「わんっわんっわんっ」

（僕、圭介だよ！　お母さんってば！）

圭介くんは一生懸命吠えましたが、

「あー、はいはい。よしよし」

エサ皿を置き、圭介くんの頭をおざなりに撫でてから、

「圭介は朝ごはんも食べずに、どこに行ったのかしら？　今日は忙しいのに、もう」

お母さんはチビと圭介くんが入れ替わっているなどとは夢にも思わず、あわただしく家の中へ戻っていきます。

（……これはいつもの光景だ。いつも僕がチビにしていたいつもの……）

圭介くんの目に、涙がこみあげてきました。

（チビは毎日、こんな思いをしてたんだ。小さな灰色の空をひとりぼっちで見ていたんだ）

動けるのは、鎖の届く範囲だけ。

見えるのは、屋根と屋根の隙間の、狭い空。

外の世界は広いのに、ここはなんて狭いのでしょう。

（夢なら早く覚めてほしい。灰色の空色の僕の夢――）

そうして、陽も暮れて――。

「じゃーな、圭介。また明日なー」

「うん、バイバイ！」

チビが帰ってきました。

「お腹すいた〜〜〜。すっかり日が暮れちゃった！　楽しかったなぁ。明日もサッカーしたいなぁ」

（ずっとこのままでいたいなぁ……――）

玄関に向かう途中、犬小屋の前で待っていた圭介くんと目が合いました。

（圭介くん……怒ってないの？）

チビは圭介くんをじっと見つめました。

圭介くんは目を潤ませ、悲しそうな顔でチビを見上げてきます。

しばらくの間、ふたりはそうして互いを見つめ……。

チビはしゃがみ込んで、圭介くんに言いました。


「……もとに戻ろう」


チビは少し遠い目をして、続けます。

「もういいよ。ボクとても楽しかったよ。ありがとう、圭介くん」

圭介くんの目から、大粒の涙がぽろぽろとこぼれ落ちました。

(本当はずっとそのままでいたいはずなのに……)

チビのやさしさが、圭介くんの胸を締めつけます。

(こんな僕でも、チビはずっと好きでいてくれたんだ……。ごめん……ごめんなさい、チビ……っ。ごめんなさい――……っ!!)

それは、とても綺麗な涙でした。

心からあやまってくれているのがわかって、チビは圭介くんの頭をやさしく撫でました。

(ボクの気持ちをわかってくれて、ありがとう……圭介くん)

3. 同じ空の色

そうして次に目が覚めると、チビは狭くて暗い犬小屋の中にいました。

外に出ると、いつもの狭い空が見えます。

(もとに戻ったんだ……。これから、また前と同じ生活が始まるんだな……)

でも、一日だけでも自由を満喫できたことで、チビは満足して――いえ、満足しなきゃいけないと思っていました。

（ボクはボクなんだから。圭介くんのそばにいられるだけで、しあわせだって思わなきゃ）

そんなふうに思って、自分を納得させていると、

「遊びに行ってきまーす」

と元気よく、圭介くんが玄関から飛び出してきました。

圭介くんは何事もなかったかのように、チビの前を通り過ぎていきます。

（あれは夢だったのかな……ボクと圭介くんが入れ替わるなんてあるわけ……）

悲しい気持ちで見送っていた、そのとき。

圭介くんが、くるり、と振り返りました。


「チビも行こう。一緒にサッカーしよう！」


（圭介くん！）

昨日のことは、やはり夢ではなかったのです。

圭介くんは鎖を外して、散歩用のリードにつけ替えてくれました。

そうして、チビは久しぶりに圭介くんと一緒に外に出たのです。

(わーい、圭介くんと一緒だあ！)

「よし、チビ、河原まで競争だ！」

「わんわんっ」

チビと圭介くんは抜きつ抜かれつ、河原まで走りました。

何人かの友だちがすでに来ていて、サッカーボールを軽く蹴って遊んでいます。

「おーい、お待たせ！」

圭介くんとチビが土手から河川敷へと降りていくと、

「圭介、昨日はすごかったな！」

「今日も頼むぜ！」

と、みんなが声をかけてきました。

「お、おう！」

とまどいつつもそれに答えてから、圭介くんはチビを見ました。

「チビ、昨日は大活躍みたいだったな」

「わんっ」

ちょっと得意げに、チビが尻尾を振ります。

「圭介、今日は犬と一緒なんだな」

「名前、なんだっけ？」

「チビだよ。これからは毎日連れてくるから、みんなよろしくな！」

圭介くんがみんなにそう言うのを聞いて、チビは泣くほどうれしくなりました。

「チビっていうのか、かわいいなあ」

「チビ、よろしくな」

みんなからも名前を呼ばれ、チビは、

「わんっわんっ」

（よろしくね！）

と、あいさつしました。

（圭介くん、ありがとう）

チビは空を見上げました。

青く、どこまでも広い空を。

（今日からボクと圭介くんの空の色は同じ。キラキラ色だ――！）

MY HERO

(マイ ヒーロー)

1. 遭難したふたり

誰かが言ってた。
犬は一度受けた恩を、生涯忘れることはないと……——。

もう、どれくらい歩いただろう。
身体を引きずるように、俺は山の中を歩いていた。
(くそっ……どこだよ、ここは)
自分がこの山のどのあたりにいるのか、さっぱりわからない。
俺の身体は、泥だらけで傷だらけ。
みっともないけど、そんなことを言っている場合じゃない。
(千恵を早く病院に連れていかないと……!)

俺は立ち止まり、身体を少し揺すって背中の女の子――千恵を背負い直す。

千恵も俺と同様に、全身泥だらけで傷だらけだ。

かろうじて意識はあるようだけれど、俺の肩に回した腕に力はなく、しょっちゅう背負い直す必要があった。

山の中を歩き回って、半日が過ぎている。

今朝早く、俺と千恵は薬草を採りに来て、この山に入った。

日は高いはずだけれど、うっそうとした木々に光が遮られて、あたりは薄暗く――……。

（……ったく、とんだ週末になっちまったな）

日が暮れたら、山の中はきっと真っ暗だ。

気温も下がって、寒くなるだろうし……。

（……このままだと、遭難……って、すでにしてんのか）

やばい。

気をしっかり持っていないと、不安に押しつぶされそうになる。

「俺たちは、絶対に助かる！」

あえて口に出すことで、俺は自分を奮い立たせた。

千恵は三年前――小学五年生のときに俺の地元の山梨に転校してきた。

もともと、都心に住んでいたのだけれど、田舎暮らしに憧れた両親が古民家を再利用した小さな喫茶店を始めようと、この町に一家そろって引っ越してきたのだ。

おとなしい千恵は、学校になかなか馴染めなかった。

突然の転校に対するとまどいや、以前の友だちや知り合いと離れ離れになったさみしさが混ざり合って、心を閉ざしがちになっていたんだろう。

そんな千恵の態度を都会の人間特有の高慢さだと見る偏見もあって、地元の子どもたちも積極的に千恵に関わろうとせず、人間関係の悪循環が生まれていた。

その頃の俺は千恵には同情しながらも、あからさまに手を差しのべるようなことはしなかった。ただ、教室での席が隣になったことで、教科書を忘れてしまったときなど困ったときに仕方なく頼られるぐらいの関係だったと思う。

そんなとき、千恵にやさしくしてくれたのが、近所のおばあちゃんだった。

喫茶店がなかなか繁盛しないことで、両親の仲が険悪になっているのを感じていた千恵は、その当時できるだけ帰宅を遅らせていたという。

神社の鳥居の下で、ぽつねんと座っている千恵を見て、ある日、おばあちゃんが声をかけてくれた。

「もしかして、新しくできた喫茶店の子かい？　ヒマならうちに遊びに来るかい？　子どもが喜びそうなもんはないけど、お茶ぐらいなら出してあげるからさ」

家が近所だということと、おばあちゃんの家には飼い猫がいて、猫好きの千恵はちょくちょく遊びに行くようになったらしい。

旦那さんに先立たれたおばあちゃんはひとり暮らしで、独立して都会に出ていってしまった子どもたちも、盆暮れに里帰りするぐらい。

そんなわけで、千恵が遊びに来るのをいつでも歓迎してくれて、その度に千恵に昔から伝わる遊びやわらべ歌を教えてくれた。

おばあちゃんの家に通うようになってから、千恵の表情は目に見えて明るくなり、隣の席にいる俺にはよく話しかけるようになったんだ。

相変わらず学校では浮いた存在だったのだけれど、掃除の時間にそのわらべ歌を何気なく口ずさんでいたところをクラスメイトたちに聞かれて、「どうして都会者が知ってるんだ」と質問攻めにあった。

「ご近所にいるおばあちゃんから教わって……」

それをきっかけに千恵は友だちができ、学校にも馴染んでいったのだ。


それから俺たちは中学に上がった。

千恵の家の喫茶店も次第に経営が上向いてきて、両親の不仲も解消されたようだ。

友だちも増えたけれど、おばあちゃんの家に通うのはずっと続いていて、最近では、おばあちゃんに編み物を教わっているという。

「クリスマスに、お父さんとお母さんにおそろいのマフラーをプレゼントしたいの」

というわけで、千恵はがんばっていたのだが、この前、教わりに行ったとき、おばあちゃんの具合が悪かったらしい。

布団の中でこんこんと咳き込む姿が痛々しく、ひとり暮らしのおばあちゃんには看病してくれる家族がいないので、千恵は心配になった。

「おばあちゃん、大丈夫？　うちから風邪薬持ってこようか？」

千恵が市販の薬を薦めたけれど、おばあちゃんは浮かない顔になった。

「薬かあ……。市販のは体質的に効きすぎることがあるから、あんまり好きじゃないんだよねえ。昔は山に薬草を採りに行ったもんだ」

「え〜っ！　そんなので治るの？」

「ずっと昔から続いてきた生活の知恵だからねえ。私のおばあちゃんがよく煎じてくれたんだよ。すごく苦かったけど、それを飲むとすぐ元気になった」

これを聞いた千恵は昨日、学校で「おばあちゃんに元気になってほしいから薬草を採りに行きたい」と言い出した。

「その薬草を採ってきてあげたら、おばあちゃん喜んでくれると思うんだ」

「でもさあ、おまえ薬草なんかの区別がつくのか？　それに、山のどのあたりに生えてるのかもわからないんだろ、止めとけよ」

「図鑑で調べたから、見ればわかるよ。明日の土曜日は天気もよさそうだし、探しに行ってくるね」

「わかったよ。俺も一緒に探してやるから。ふたりなら見つかる確率も二倍に増えるだろ」

俺は本当は反対だったけど、放っておくと千恵がひとりで行きかねないから、一緒についていくことにしたんだ。


正直、俺たちは山をナメていた。

おばあちゃんが子どもの頃によく採りに行っていたというから、

「子どもでも簡単に見つけることができるんだろう」

と高を括っていたんだ。

でも、それはたぶん「大人と一緒に」という説明が抜けていたんだろう。

そこには思い至らず、小さな子どもが野原で花でも摘むみたいなイメージを勝手に抱いてしまったんだ。

だから、俺たちはジーンズにスニーカーという、近所を歩くのと変わらない軽装で来てしまった。

はじめのうちはピクニックや遠足気分で、鳥のさえずりに耳を傾けたり、木漏れ日の差し込む森の景色を眺めたりする余裕はあった。

「んー、マイナスイオンって感じだね！　良ちゃん」

「たまにはいいな、こういうところに来るのも」

けれど、なかなか薬草が見つからず、俺たちは山道から外れて探すことにした。

茂みをかき分けて進んだ先は、人が通ってならされた山道と違って地面がでこぼこしているし、水気を含んだ下草や苔に何度も足を取られそうになった。

いい加減、疲れを感じ始めた頃、

「千恵、また出直さないか？　今日はもう——」

帰ろう、と俺が続ける前に、千恵が「あっ」と声をあげた。

「見つけた！　きっとアレだよ、良ちゃん！」

「走ると危ないぞ、千恵」

千恵を追って、俺も走り出す。

危なっかしそうによろめきながら走る千恵に追いつこうとしたとき、目の前で千恵の身体がグラリと傾いた。

「え……？」

薬草を見つけたことで周りが見えなくなっていた千恵は、自分が急斜面のそばを走っていることに気づいていなかったのだ。

「千恵！」

足を滑らせた千恵に、俺は必死で手を伸ばす。

（……間に合え！）

俺は千恵の腕をかろうじてつかむことができたものの、勢いのついた千恵の身体を支えることができず、一緒に斜面を転がり落ちてしまい――。

「千恵……大丈夫か？」

「……うん……痛っ」

立ち上がろうとした千恵が、顔をしかめた。俺は小さな擦り傷ぐらいで済んでいたが、千恵は左足をくじいていたのだ。

俺たちは落ちてきた斜面を見上げる。

「ここを登るのは無理だな」

千恵の足が無事でも、斜面を登ってもとの場所に戻るのは無理だったろう。

「歩けるか？」

「うん……」

「今日はもう引き揚げよう」

「でも、薬草が……」

「そんな足じゃ無理だよ。また出直そう。それに山を下りる途中で、見つかるかもしれないし」

「うん……わかった」

俺は千恵に肩を貸し、支えて歩き始めた。

「下っていけば、そのうち道に出るだろ、たぶん」

最初はそう思っていた。

が、それは甘かった。

「いったい、どっちなんだ……」

いくら進んでも道は全然見つからず、いたずらに時間と体力を消耗するだけだった。

さらに追い打ちをかけるように、足首が腫れ上がって千恵は歩くことも困難になり、背負うしかなくなったのだ。

女の子ひとり背負うぐらい、なんてことないと思っていたけれど。

なんとか見つけた山道は、来たときに通ったのとは別の道で、町へ帰る方向がどちらかはわからない。

「ハァハァ……」

ジャリッ。

（くそっ、歩きにくいな……！）

足がうまく上がらないから、さっきからよく小石を踏んでしまう。

苛立ちと不安に、自分でも表情が険しくなっているのがわかった。

「はぁはぁ……」

耳元で聞こえる千恵の息遣いも荒い。

俺の肩に回した腕も熱い気がする。

「千恵、おまえ、もしかして、熱があるんじゃないのか？」

千恵はそれには答えず、弱々しい声を出した。

「良ちゃん、もういいよ。あたしを置いて、ひとりで行って……」

「バカ言え……っ」

「でも……あたしのせいで、良ちゃんまで帰れなくなったら……」

「俺が地元だからって山をナメて、奥へ奥へと入ったりしたから遭難したんだ……っ」

全身に重りをつけたみたいに動きの鈍くなった両足を懸命に踏み出す。

「安心しろ、千恵。俺は、おまえを置いていったりしないぞ！」

俺は、自分に言い聞かせるように続けた。

「これは俺と〝あいつ〟との約束なんだ！」

2. 四年前の出来事

それは、四年前――。

俺が十歳のときの話だ。

当時、我が家には一匹の老犬がいた。

柴犬の、たぶん雑種で、その名は、甲斐。

俺の住んでいる山梨県は、その昔、甲斐国と呼ばれていた。それで、ちょっと古臭いかもしれないと思いつつもつけたんだ。

名付け親は、俺。

俺が小さい頃、捨てられていた子犬の甲斐を拾ってきた。

うちは山を背にした一軒家。

町外れだし、知らない人が来ることはめったにないけど、「番犬になるだろう」ということで両親が甲斐を飼うことを許してくれたんだ。

「拾ったからには、ちゃんと良が世話をするんだぞ。生き物なんだから飽きたからって、おもちゃみたいにほったらかしてはいけないからな」

甲斐の世話は、俺の仕事だった。

だから、その日も母さんの声で、俺は友だちの家に遊びに行くのを断るしかなくなったんだ。

「良、良！　また甲斐がゲリしてるよ、片づけな」

自分の部屋で出かける用意をしていた俺は、急いで庭へ出た。

ほうきで庭を掃いていた母さんが、俺を見ると甲斐を指さす。

犬小屋の前に行くと、

「く〜〜〜ん……」

と、甲斐が困った感じで鳴いていた。

ウンコをそのままにしておくと虫が寄ってくるし、甲斐の後ろ足も汚れているから、早く綺麗に片づけなきゃいけない。

「またかよ、甲斐──……おまえ、ホント、子犬の頃から体弱いよなぁ。ちょっと待ってな、今、綺麗にしてやるから」

俺は家の中に戻ると、まず友だちに電話をかけた。

「悪りィ、今日、行けなくなった」

『えーっ、おまえが来ないと人数足りないんだけど』

「ホント、ごめん！　また今度な」

その当時流行っていたのは、コントローラーを剣に見立てて戦うバトルゲームだった。

大画面のテレビを前に、俺もみんなと夢中になってやっていた。

たかが、対戦ゲームの頭数。

そう思うものの、やっぱり、突然行けなくなったのは悔しかった。

(あーあ……結構、楽しみにしてたのになあ)

俺が台所でたらいにぬるま湯を張っていると、外から戻ってきた母さんがエプロンを外して椅子の背もたれにかけた。

「良、夕飯の買い物に行ってくるから。私が帰ってくるまでに、ちゃんと片づけておきなさいよ」

母さんは車を運転して、うちから十五分ぐらいの大型スーパーへと出かけていった。

俺はふたたび庭に出て、

「くせーなー、もー……」

なるべく息を吸わないようにして、甲斐のウンコまみれの下半身をタオルで拭いてやる。

「父さんたちが反対したのに、俺がおまえを拾ってきたから、おまえの世話は俺の仕事なんだけどさぁ。正直もう、うんざりなんだよなぁ――……」

「くぅ〜〜ん……」

甲斐がすまなそうに鳴いた。

その声は弱々しい。

(こいつ年取ったなあ……)

拾ってきたときには、まだ子犬だったのに、犬の成長は人間のペースよりずっと早いから、あれから数年経った今ではもうすっかり老犬の域に入っている。

これからどんどん体が弱っていくと、こういうことが毎日起きるかもしれない。

(そうしたら、俺の時間がなくなるかも……)

仕方ないとはいえ、何度も約束を破ったら、友だちだって離れていくだろう。

もう誰も、俺を誘ってくれなくなるかもしれない。

「……――」

俺はふと、あたりを見回した。

広い庭には、俺と甲斐だけ。

母さんは出かけたばかりだし、父さんは昨日から町内会の慰安旅行に行っていて、帰ってくるのは明日の夕方だ。

(誰もいない……誰も見てない……)

俺は甲斐のリードを杭から外した。

「甲斐、こっちだ」

甲斐は散歩だと思って、喜んでついてきた。

うちの裏山だと近すぎると思って、俺はわざわざ国道を渡って、お寺のほうへ向かった。

なんとなく……なんとなくだけど、お寺の近くの山なら安心な気がしたんだ。いや、違うな。安心じゃない、罪の意識から少しでも逃れたいという気持ちからだ。

お寺を横目に通り過ぎると、林道へと入る道が見えてきた。

誰が使うのかわからないけど、細くて狭い道だ。

俺は甲斐を連れて、ひとけのない山の奥へと進んでいき、一度、道を逸れた。

木立の中へと入り、振り返って誰にも見られていないことを確認しながら、手頃な木を探す。

「このへんでいいかな……？」

あたりをきょろきょろ見回してから、近くの木をさわった。

(この太さなら大丈夫かな)

俺はリードを木に巻きつけ、しっかりと結んだ。

「すぐ誰かが見つけてくれるからさ……っ。じゃあな、甲斐！」

甲斐に別れを告げ、走り出す。

（姥捨て山よりマシだよな？　だって、人間を捨てたわけじゃないし。甲斐はもともと野良だったし……）

俺は心の中で誰にともなく言い訳をし、走った。

「わんっわんっ！　わんっわんっわんっわんっ」

甲斐の鳴き声が聞こえる。

俺は構わず走った。

「キャンキャンキャン！」

「っ……」

「キャーーーン！」

（やめろ、甲斐！　そんなに鳴くなよ）

首輪がのどを締めつけるんだろう。甲斐の悲痛な鳴き声が俺の耳に突き刺さる。

それでも、俺は振り返りもしなければ立ち止まりもせず、自分が犯した罪から逃れようと走り続けた。

「キャ――――ン！」

たまらず耳を塞いで、目を閉じる。

そんな卑怯な俺に、罰が当たったのだろう。

次の瞬間、俺は足を踏み外し、崖から落ちていた。


しばらくして――。

俺は岩と岩に挟まれた、狭い場所に横たわっていることに気づいた。

子どもの小さな身体だったからか、周りの岩に頭をぶつけたりしないで、うまく間に落ちたらしい。

でも、傷だらけの身体は動かなくて。

(俺、ここで死ぬのかな……？)

生まれて初めて自分に死が迫っているのを、俺はどこか他人事のようにぼんやりと感じていた。

（甲斐を捨てたりしたから、罰が当たったんだな、きっと）

しかし、恐怖よりもあきらめのほうが勝っていたのか、不思議と落ち着いていて涙も出ない。

（こんな俺が助かるわけがない……）

甲斐を捨てた罪を自分の命であがなうのだ——と、俺は漠然と思っていた。

痛みと熱で幾度か眠りに落ち、空腹も感じなくなり……。

救助されたのは、二日後だった。

「オーイ、いたぞぉ——ッ」

助けてくれたのは、お寺の檀家のおじさんたちだった。

あとから聞いた話によると、墓参りに来ていたとき、傷だらけの甲斐が墓地にふらふら現れたという。最初は迷い犬かと思ったらしいけど、首輪がついているし、リードが切れているし、どうも様子が変だと思って、それで甲斐のあとをついてきて、俺を発見してくれたのだ。

「大丈夫か？　柴犬がここまで連れてきてくれたんだよ」

「柴犬……？」

おじさんの言葉に、俺はハッとなった。

だって、まさか──。

「ほら、あそこに」

おじさんの指さすほうを向くと、甲斐が、傷だらけでそこにいた。

全身泥だらけで、首の周りは血で汚れていた。

俺のあとを追おうとして、俺を助けるために必死でリードを切ったんだろう。

とても痛々しい姿だった。

なのに、まるで、〝よかったね〟って、やさしい目をして……──。

無事に助かった僕の姿を見て、安心したのか、
ガク……ッ。

甲斐の体が、突然、地面に崩れ落ちた。

「甲斐――ッ!!」

俺はおじさんの腕を振り切り、甲斐に駆け寄った。

「いやだっ、死んじゃやだよっ!! おまえ、体が弱いのにこんなに無理して……っ」

けれど、甲斐の目は閉じたままで。

「目を開けてよ、甲斐、甲斐……っ」

甲斐の体を抱きしめ、必死に呼びかける。

いくら泣いてすがっても、もう二度と甲斐の目が開くことはなかった。

「――……この犬、坊やを助けようと、とてもがんばったよ」

「吠えて吠えて、こっちだこっちだって、キミのところまで連れてきたんだよ」

おじさんたちの言葉が、俺の心に突き刺さる。

体の弱い甲斐が、必死になって走ったのは。

全部、俺を助けるため……！

「俺、おまえを捨てたんだぜ……？　なのに、おまえを捨てた俺を、どうして助けたりしたんだよっ、甲斐のバカバカ！　俺の大バカぁ――――っ!!」

3. 俺はあきらめない

甲斐――……
目を閉じると、あの日の甲斐の姿が思い浮かんだ。
傷だらけの体で、命がけで俺を助けてくれた、甲斐。
崖から落ちた俺は、自分の命をあきらめようとしたのに。
甲斐はあきらめずに、リードを渾身の力で引きちぎって、俺のもとに来てくれた。

（甲斐……）
俺は目を開けた。
ぐいっ、とあごを上げ、前を見る。
「行くぞ、千恵！」
（もう二度と、おなじあやまちは犯さない！　俺は最後まであきらめたりしない！）
「絶対に、俺はおまえを捨てたりはしない……っ‼」
（これは、甲斐との約束だ‼）
けれど、そのあとも俺たちは山の中で迷い続け……。
いつの間にか、あたりは真っ暗になっていた。
陽が落ちると、急激に気温が下がる。
背中越しに、千恵の熱が上がっているのがわかった。寒さで震えている。
（俺はあきらめない、絶対に！）
意志を強く持て、俺。

あきらめなければ、必ず帰れる。

それに、俺たちを捜しに、捜索隊が出てるだろうし——。

が、俺はふと不安を感じた。

(あのときの俺はまだ四年生だったし、自分では遠くまで足を伸ばしたつもりだったけど、今となってみれば、そうでもない距離だった……それなのに、見つかるまで二日かかったんだぞ!?)

中学生の足なら、かなり遠くまで来ているはず。

しかも今日、俺たちが山に向かったことは、誰にも言っていない。

中学生の男女が同時にいなくなったら、山に迷い込んだんじゃなくて、繁華街かどこかで遊びほうけているか、家出したとか周りの人間は考えるんじゃないだろうか。

そうなると、捜索隊が出るのは遅れるかもしれない。

(俺ひとりなら体力が保っても、このままじゃ千恵が……やっぱり、自分の力で帰るしかない……!)

暗闇の中、目を凝らして俺は進む。

道を踏み外してふたたび崖から転落したら、今度は受け身をとる体力なんて残ってないだろうし、背中の千恵を守れる自信もない。

時折聞こえる鳥の声は、昼間は美しく感じたのに、今では俺の軽率な判断をあざ笑っているようだった。

木の枝が揺れたり茂みの中でガサリと音がする度に、俺は身を硬くする。

(ただの風か……それとも獣が潜んでいるのか?)

怖い——。

こんなところで、死にたくない……!

(早く……早く帰らないと!)

けれど、いくら歩いても、通りに出ない。

息が切れる。

めまいがする。

「ゼェゼェ……」

俺は、ついに地面に膝をついてしまった。

「く……そ、力が入らない……っ。吐きそ……う」

ガクガクと身体が震える。

呼吸がうまくできない。

「も……ダメ……だぁ」

ごめん、千恵。ごめん、甲斐。

ごめんごめんごめんごめんごめんごめん——。

(俺は、どうしようもなくダメなヤツだ……!)

涙と鼻水でぐしゃぐしゃになった俺の耳に、なつかしい鳴き声が聞こえたのは、そのときだった。


——わんっわんっ!

（……うそだろ、この声……）

──わんっわんっわんっ。

──わんっわんっ！


顔を上げると、光に包まれた甲斐がいて。

つぶらな瞳を、こちらに向けていた。

純粋に、俺のことを慕っている瞳を、俺に。

（甲斐────……！）

甲斐の首には、首輪もリードもついていない。

毛並もつやつやで、光の中で輝いていた。

「天国から俺を助けに……っ、おまえ……人がいいんじゃなくて、犬がいいぞバカ……っ」

ボロボロと涙がこぼれる。

誰かが言っていた。

犬は一度受けた恩を、生涯忘れることはないと。

「ち……くしょう。甲斐、おまえカッコイイぞ！」


——わんっわんっ！


甲斐は誇らしげな顔で、「こっちだよ」と言うように歩き出した。

千恵を背負い直し、俺は迷うことなく甲斐のあとについて山を下りた。

目を覚ますと、病室のベッドに寝かされていて。
隣のベッドには、千恵が眠っていた。
(よかった……千恵も無事で)
どうやら、夢を見ていたらしい。
倒れた直後、救助隊が来て、俺たちは助かったんだ。
でも、それは、
(きっと、甲斐が呼んできてくれたんだ)
と信じている。
両親にはひどく怒られた。
四年前も山で遭難して心配かけたし、俺は本当に馬鹿息子だ。
結局、薬草も見つけられなかったし。
「ごめんな、千恵。危ない目に遭わせて」

「ううん、こちらこそ、助けてくれてありがとう」

千恵はきちんと治療を受けたおかげで、熱は下がったようだ。くじいた足は、治るのにしばらくかかるだろうけど。

「ごめんね、私が薬草を採りに行きたいなんて言ったから……」

「いや、俺も山をナメてたし――」

「良ちゃん。もし、おばあちゃんに会っても、薬草を採りに行って迷ったことは内緒にしてくれる？　心配かけたくないから……」

「わかった。きのこ狩りに行ったことにでもしておこう」

千恵のやさしさに少し苦笑しつつ、俺はそう言った。

クリスマスに両親へ贈るためにマフラーを編んでいることも内緒にしてるみたいだし、そういうところが千恵のいいところなんだけど。

（だから、俺、こいつのことがほっとけないのかな……？）

千恵がまたなにか無茶なことを言い出したら、それがたとえ、誰かを思うやさしさから出たことだとしても、今度はちゃんと止めなきゃな、と思う。

もしくは、俺が支えることで実行が可能なことなら、最後まで責任持って付き合おうと決めた。

そんな俺の心中を知らず、千恵が、ふと訊いてきた。

「……ねえ、良ちゃん。あのとき、良ちゃんが言ってた〝あいつとの約束〟って……？

〝あいつ〟って誰？」

そっか。

千恵は三年前に転校してきたから、その一年前に俺が山で遭難したことも、甲斐を飼っていたことも知らないんだ。

今度、ゆっくり話してやらなきゃな。

甲斐の墓の前で。

「〝あいつ〟は、俺のＨＥＲＯだ。イカした犬さ……！」

そう答えたとき——。

——わんっわんっ。

どこかで誇らしげな甲斐の声が聞こえたような、そんな気がした。

奇跡（きせき）

1. 不思議なペロ

「ただいま、ペロ！」

僕が学校から帰ってくると、

「わんっ」

犬小屋の前にいたペロが勢いよく飛びついてきた。

僕はその勢いで、芝生の上にしりもちをつく。

「わっ、ペロ♥　オテンバだなぁ、もー」

ペロは、雑種の女の子。

この春、僕が小学校に上がってから、毎日、帰りが待ち遠しいようで、いつもこんなふうにはしゃいでお出迎えしてくれるんだ。

僕が頭を撫でると、ペロも頬をなめてくる。

もう、かわいくて仕方ない。

「ペロ、あはは。くすぐったいよ」

「まあ、なぁに、大輔。ママよりペロが先？」

庭で洗濯物を取り込んでいたママが笑いながら、こっちを見る。

「あ、ママ、ただいま」

「大輔は、ホントにペロが好きね」

「違うよ、ペロが僕を好きなんだよ」

「あら、それ、同じことなんじゃないの？」

ママのツッコミに、僕は「えへへ」と笑った。

僕とペロは、大の仲良し。

赤ちゃんのときからいつもそばにいたから、僕の成長アルバムは、ペロと一緒の写真ばかりだ。

ペロはパパが独身のときに親戚のおばさんからもらってきた犬で、

「ひとり暮らしなんだから、一匹ぐらい問題ないでしょう？」

という感じで半ば押しつけられたらしいけど、

「ペロが来てから、すぐにママと知り合って結婚したんだ。まさに運命！　だから、ペロは〝幸運の犬〟なんだよ」


と、前にパパが話してくれた。

公園を散歩していたとき、リードが手からするりと抜けてペロが走っていってしまい、そのペロを捕まえてくれたのが、ママだったんだって。


「ふふ、かわいいワンちゃんですね」

「犬が好きなんですか？　実は俺もなんです」

本当はたいして犬が好きでもなかったパパがそう言って、自然と会話が始まり、話すうちにいろいろと趣味が合うことがわかって、お付き合いがスタートして……三か月でゴールインしちゃったらしい。

そして、翌年、僕が生まれたんだ。

「ママ、ペロと遊んできていい？」

「ええ。夕飯までには帰ってくるのよ」

「うん！」

僕はランドセルを自分の部屋に置いて、すぐに庭に戻ってくる。

「ペロ、公園に行こう」

「わんっ」

ペロが寄ってきて、僕はリードをつけようとしたけど、

「あれ？」

ふと、庭の隅に置いてあるおもちゃ箱が目に留まった。

「ん？　サッカーボールは？　あれれ？　グレイトライダーや怪獣のおもちゃもない！」

（風で、どこかに転がったかな？）

けれど、ぱっと見た限り、見当たらない。

「サッカーボールはともかく、怪獣は風で転がらないよなあ」

きょろきょろ見回していたら、犬小屋の中から、ころん、とサッカーボールが転がってきた。

「あ！」

よく見ると、犬小屋の奥のほうに、グレイトライダーや怪獣が押し込まれていた。その他、なくしたとばかり思っていた缶バッジや野球のボールもある。

そう。全部、ペロの仕業だ！

「あ──っ、またこんなに、僕のものをくわえてきて隠してる──!!」

僕はペロを捕まえ、

「こいつめ──っ」

と、お腹くすぐりの刑に処した。

かわいくていたずらなペロが、僕は大好きだった。

犬がものを隠すのは、よくある話。

同じクラスのタカヒロくんも犬を飼っていて、この前、そういう話で盛り上がった。

「うちの犬は光るものが好きでさ、この前、お父さんの腕時計を隠しちゃって、大騒ぎになったんだ」

「へえ、うちは僕のおもちゃばっかり隠すよ。犬小屋の毛布の下に隠しても、半分見えてたりするから、すぐに見つかるんだ」

「あはは、それで隠したつもりなんだ？　けっこうドジだな、大輔ん家の犬は」

「うん、だからもう、かわいくって」

けど、ペロのいたずらが、その後、僕を救うことになるなんて、そのときは思いもしなかったんだ。

それは、小学校に入って初めての遠足の日のことだった。

信じられないことに、朝、起きたら目覚まし時計が止まっていて、僕は寝坊してしまったんだ。

「うわあ、間に合わない！」

大あわてで着替えを済ませると、朝ごはんも食べずに玄関に向かった。

「もー、なんで起こしてくれなかったの？」

キッチンから出てきたママに文句を言うと、

「何度も起こしたでしょう!!」

「だって、今日遠足だから、うれしくて眠れなかったんだもんっ」

夢の中でママに起こされたような気がするけど、どうやら二度寝してしまったらしい。

「早く行かなきゃ！」

そうして、玄関で靴を履こうとしたとき、

「――……あれ？」

いつもの運動靴が、片方しかないことに気づいた。

「ママ！　靴は？　なんで片方しかないの⁉」

「昨日の夜まではあったわよ。また、ペロが隠したんじゃないの？」

ママの言葉に「きっと、そうだ！」と思い、サンダルを履いて庭に出る。

今日の天気は晴れ。

ぐずついた天気が続いていたゴールデンウィークが明けてから、やっとお天気に恵まれた、絶好の遠足日和だっていうのに！

「ペロ、僕の靴、隠したろ。ちょっとどいて」

犬小屋の中をのぞき込み、毛布をめくったりして隅から隅まで捜したけれど――。

「ないっ、ないないっ！　ここじゃないのか!?」

今度はおもちゃ箱の中を捜したけれど、そこにもない。

「も〜〜っ、どこに隠したんだよ、ペローっ」

ペロは犬小屋のそばにちょこんと座っているだけで、どこに隠したのか、教えてくれる気配もない。

「早くしないと、バスが行っちゃうよーーっ」

他に隠せそうな場所があるとしたら、と考えて、縁の下を捜したけれど、

「ここにもない〜〜〜〜っ」

半泣きになりながら、僕は立ち上がる。

犬小屋や縁の下をのぞいたときに地面をはいつくばったせいで、お気に入りのトレーナーが土で汚れてしまったからだ。

「こんな汚い恰好じゃ遠足に行けない……ん!?」

ふと庭の隅に、こんもりと土が盛り上がっているのを僕は見つけた。

「あそこか！」

スコップなんて探してるヒマはない。

「ココ掘れワンワン!!」

(もうっ、花咲かじいさんじゃあるまいし！)

半ばヤケになって素手で掘り始めると、お宝ならぬ、泥だらけの運動靴の片方が出てきた。

「あった!!」

洗ってる時間なんてないから、手で汚れを払い、

「行ってきます！」

僕は靴を履きながら家を飛び出し、急いで集合場所のバス停に向かう。

(今日に限って庭に埋めてるなんて、反則だよ！)

寝坊はするし、靴はすぐに見つからないし、トレーナーは汚れるし、今日は朝からツイてない。

そして、さらに最悪なことに、

ブロロロロロ……！

「あっ！　バス！　待って待ってーーっ!!」

もうすぐ集合場所に着く、というところまで来たとき、みんなを乗せたバスが走り出してしまうのが遠目に見えたんだ。

「待ってってばーーっ」

けど、僕の声は届かず、バスは無情に走り去っていく。

「そんな……」

もう！　本当に最悪だ！

(遠足、楽しみにしてたんだけどなあ……)

走り疲れた僕は、泣きたい気持ちでトボトボと家に戻った。

「ええっ、間に合わなかったの!?　すぐに帰ってこなかったから、てっきり遠足に行ったとばかり……ちょっと待って、今、学校に――」

ママがさっそく学校に電話してくれたけど、

「……あら、おかしいわね、つながらない」

と、首をひねって電話を切った。

その後も、何度かかけたけど、

「どうしたのかしら……ずっと話し中だわ。まさか、番号を間違えたのかしら。タカヒロくんのママに訊いてみるわね」

ママが電話をかけている間、僕は縁側でペロを抱っこし、

「ペロ～～っ、おまえのせいだぞ」

と、文句をぶつけた。

すると、ママが振り返り、僕を「めっ」とにらみつけた。

「こら、ペロじゃないでしょ。そもそも、あんたが寝坊したから――って、あ、おはようございます。大輔の母ですけど……すみません、小学校の電話番号を確認……えっ」

ママの顔色が明らかに変わり、僕は「ん？」とのぞき込む。

「遠足のバスが事故に⁉　それで、子どもたちは⁉　……あ、うちの子は遅刻してバスに間に合わなかったんです……。ああ、そうか、それで学校に、なかなかつながらなかったんですね……。ええ、はい――……はい……」

ママはしばらくして電話を切ると、大きく息を吐いた。

「詳しいことはまだよくわからないみたいだけど、遠足のバスが事故に遭ったらしいの」

タカヒロくんのママは学校から連絡があり、これから病院へ向かうということだった。

あとから入ってきた情報によると、崖の上のカーブを曲がり切れずに突っ込んできた車を避けようとしてバスの運転手がハンドルを切ったところ、カーブミラーにぶつかり、その後、次々と玉突き事故が起きたらしい。

バスは横転したけど、幸いなことに崖下への転落を免れ、乗っていた子どもたちの命に別状はなかった。けれど、タカヒロくんをはじめクラスメイトの何人かが腕や足の骨を折るなどの大怪我を負い、しばらく入院するという事態になったのだ。バスに突っ込んできた車は崖下へ落ち、運転手と同乗していた人がふたり、亡くなったという……。

　その晩、帰宅したパパはママから話を聞き、僕を見てこう言った。

「寝坊のおかげで助かったな、大輔。でなきゃ、おまえも今頃、病院にいたかもな」

「本当にそうよねえ。今日ばっかりは寝坊してくれてよかったわ」

「でもさ、寝坊だけなら、僕、バスに間に合ってたと思うんだ。ペロが靴を隠したりしなきゃ……」

「ああ、そうね、靴を見つけるのに時間がかかったから……」

　僕とママが沈痛な面持ちでうつむいているというのに、パパは「そうか！」と大きな声をあげた。

「じゃあ、ペロのおかげだな！　やっぱり、ペロは〝幸運の犬〟なんだ！」

「もう、パパったら、偶然よ。それより、ご近所さんにそういうことを大きな声で話さないように気をつけてね。同じクラスの子が何人も怪我してる大きな事故だったんだから」

パパをたしなめるママの声を背に、僕は庭に出た。

僕の気配を察し、犬小屋からペロが出てくる。

「ペロ……もしかして僕を……」

ペロは返事をしなかったけど、「そうだよ」というように、尻尾を一度振った。

やっぱり、ペロが助けてくれたんだ。

僕が危ない目に遭わないように、靴を隠して。

「ありがとう」

感謝の気持ちを込めて抱きしめると、ペロはそっと僕の頬をなめた。

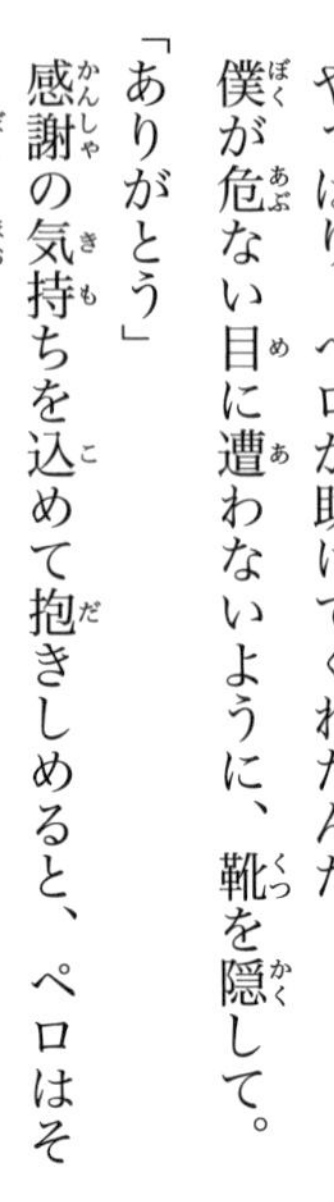

そのあとは、これといった大きな事件もなく、日々はおだやかに過ぎていき――。

ペロと一緒の写真がどんどん増えて、僕のアルバムはリビングの棚いっぱいになった。

夏は潮風の吹く海辺で、秋は落ち葉の公園で。

クリスマスは僕が飾り付けをしたツリーを前に、お正月は初詣に行った神社の鳥居の前で並んで、パチリ。

そうして、春が来て――。

たくさんの思い出を残して、ペロは安らかに天国に逝った。

2. 大人になった僕は――

二十二年後――。

僕は都内の大手のアパレルメーカーに勤める、ごく普通のサラリーマンになっていた。アパレルと聞くと、華やかなファッション業界をイメージする人もいるけど、僕が配属されたのは「社史編纂室」という地味な部署だった。

平たくいうと、会社の歴史を文書にまとめる仕事だ。

僕も入社して二、三年は店舗で販売員をやったりして実績を積んでいたのだけど、同期のヤツらが大型店舗の店長をまかされて売上全国一位で表彰されたり、世界中を飛び回って買い付けをするバイヤーになったりする中、ファッションに対する情熱も特になく……。

気がつけば去年の人事異動で、フロアの隅で地味に仕事をこなしているこの部署に追いやられていた。

いわゆる、中高年でいう窓際族ってヤツだ。

けれど、なぜか有名大学卒ってだけで課長になっている。

独身、彼女ナシ、出世の見込みなし。

なにからなにまで冴えない……それが今の僕だ。

今日も資料の山を運ぶ途中でバランスを崩し、見事に床に紙やファイルを盛大にぶちまけ、拾うのに苦労した。

「もおっ、山崎課長!!」

「なにやってるんですか!?」

海外事業部の女子社員たちが、あきれながらも手伝ってくれた。

華やかな部署にいる彼女たちに「課長」と呼ばれるのは正直とまどってしまうけれど、事実、課長なのだから仕方ない。

「痛っ……」

紙で指先を切ってしまい、血のにじんだ指を思わずくわえていると、くすくすと笑う声が聞こえてきた。

「ちょっと、またよー」

「ホント使えないわね、大輔ちゃんは」

それは同じ社史編纂室の女子社員たちだった。

彼女たちは僕の部下に当たるのだけど、

(使えない、か——確かにな)

本当のことだから、僕はなにも言い返せなかった。


そんなある日、僕は部長に呼び出された。

(いよいよ、クビになるのかな……)

同僚や部下の軽蔑した視線にさらされながら、僕は会議室に向かったのだが、そこで思いもよらない言葉を聞かされた。

「来週から海外事業部に異動だ。今週中に引き継ぎをしておいてくれ。……といっても、たいしたことはないと思うが」

「い、異動って……どうして……しかも、なんで海外事業部に……？」

驚く僕に、部長は不機嫌な顔で続けた。

「君がまとめた『海外事業部の変遷』が、社長の目に留まったらしい。このところ不振続きの海外事業部を立て直すには、昔のこともよく知っている人間が必要だと」

「昔のことを知っているというなら、もっといい人がたくさんいると思いますが……」

「去年、五十歳より上の社員を大幅にリストラしただろう。なにか不満なのか？　出世できるんだぞ」

「い、いえ……」

そんなわけで、僕は地味な部署から華やかな部署へ異動した。

同じフロアだから、窓際からフロアの真ん中へ席も移動したわけだけど、周りの目が怖かった。

「社史をまとめてただけで、海外事業部に大抜擢だってさ」

「しかも、課長待遇！」

「休む間もなく海外を飛び回っていた俺より上の立場ってどういうこと？　ああ、そうか、年上だからか」

「大輔ちゃん、使えるようになるといいわねえ」

皮肉の嵐が、ちくちくと僕を刺す。異例の出世ってだけでも居心地悪いのに、僕にはなんと秘書がつけられることになった。

急な人事異動だったせいか、秘書課の人間ではなく、派遣社員だ。でも、こんな僕に秘書がつくだけでもありがたい。

「鈴木みずほです。よろしくお願いします」

初顔合わせの日、僕は制服姿の彼女に目を奪われてしまった。

年は僕より八つ下。控えめな微笑みが美しい、清楚な女性だ。

「こっ、こちらこそ……っ」

「至らない点が多いかと思いますが、精一杯、課長のサポートをさせていただきます」

およそ会社員とは思えないたどたどしい僕のあいさつに、彼女は微笑みながら頭を下げる。でもこちらを馬鹿にする気持ちは微塵も感じられなかった。

鈴木さんは、いろんな意味で注目をあびた。

女子社員たちは彼女の欠点を探そうとし、男子社員たちは彼女の気を引こうと、用もないのに声をかけたり、食事に誘ったりした。

しかし、彼女はそんな周囲の雑音には目もくれず、自分の仕事を続けるだけで——。

一時間はかかる書類作成を、わずか十五分で仕上げたり、

「悪いけど、鈴木くん、お茶……」

と頼もうとしたときには、すでに淹れたてのお茶が目の前に出ていたり。

「はい、どうぞ」

「あ、ありがとう」

「なんなりとお申し付けください。がんばります！」

仕事ができる上に、ひとなつっこい笑顔の鈴木さんは、まさに殺伐とした職場に咲いた一輪の花だった。

僕は彼女の存在に、いつの間にか癒されていたのだ。


異動後の僕の仕事は順調そのもので、そのうち、大きな仕事をまかされることになった。

残業、残業の毎日だったけれど、苦にならなかった。

彼女のサポートがあれば、海外ブランドとの大口契約をまとめられる——と信じて、仕事に打ち込むことができたからだ。

そして、迎えた最終的なプレゼンテーション。

「では、山崎さんを信じて、契約しましょう！」

僕たちは見事に他社を抑えて、契約を勝ち取った！

社長からも「山崎くん、でかした!!」とほめられ、無事に大きな仕事を成し遂げた僕は、もちろん鈴木さんに感謝した。

「君のおかげだよ。資料やらデータプランやら、あれだけの量を短期間で……本当によくまとめてくれたね」

「いえ、私はただ課長のご指示どおりにしただけです。さすがは、山崎課長です！」

社長よりも鈴木さんにほめられたことがうれしくて、僕は照れてしまった。

「い……いやあ……」

彼女の微笑みにドキッとして、顔が真っ赤になる。

そんな僕に、彼女がスッとあるものを差し出した。

「あ、それは僕の……定期入れ？」

「はい。先ほど、コピー機のそばに落ちていたのを拾ったんです。あの……かわいいワンちゃんですね」

「あ、見たんだ……」

恥ずかしさに、顔が真っ赤になる。

三十過ぎた、いい歳こいた大人が犬の写真を持ち歩いているなんて、知られたくなかった……特に、鈴木さんには。

「これ……は、子どもの頃飼ってた犬で、ペロっていって……こ……こんなところに写真入れてたっけかなぁ～～？」

ごまかし笑いを浮かべつつ、しどろもどろに言い訳をしたけど、

「課長、裏にも」

と指摘され、さらに顔を赤くしてしまった。

僕はペロの写真を二枚入れていたのだ。一枚はペロだけの写真。もう一枚は、僕の七歳の誕生日にペロと撮った写真だ。

（あれが、ペロと一緒にお祝いした最後の誕生日になっちゃったんだよな……）

ちょっとしんみりしてしまい、僕は息をつく。

「はは……懐古趣味ならまだしも、少女趣味みたいで引くよね。三十過ぎの男がさ、こんな写真を大事に持ち歩いてるなんて」

けれど、鈴木さんは笑わずにこう言ってくれた。

「え……引いたりなんかしませんよ。ペロちゃん、きっと喜んでると思います」

その瞬間、恥ずかしさが一気に吹き飛んでいた。

「ありがとう」

（あったかい人だ――……）

彼女に惹かれるのは、容姿が美しいからでも仕事ができるからでもなく、あたたかい心を持っているからだと、僕は気づいたのだ。

3. 愛の奇跡

後日、大口の契約を勝ち取った僕に、社長が新たなプロジェクトをまかせてくれることになった。

「ぜひ、君にやってもらいたい。期待しているよ！」

社長がわざわざこちらのフロアに来て激励までしてくれて、僕はいろんな部署から注目され、妙なプレッシャーを感じることになった。

「社史編纂室からでも出世できるんだな、すごいな」

「ねえ、最近、山崎さん、カッコイイよね♥」

「大輔ちゃんなんて、もう呼べないわね」

こんなふうに社員たちの見る目が変わる中、鈴木さんだけは変わらず、いつもの微笑みで接してくれた。

「課長、なんでもお申し付けください！」

「課長なら大丈夫です！」

「お茶を淹れてきました。ひと息ついてくださいね」

特別な言葉や言い回しを使っているわけではないけれど、彼女の言葉は僕の心に元気を与えてくれた。

そんなある日、びっくりする出来事が起きた。

自販機が並ぶ休憩スペースで缶コーヒーを飲んでいたときに、突然、社史編纂室の女子社員がやってきて、

「私、ずっと山崎課長を誤解してました。よろしければ私と交際してください！」

と、告白されたのだ。

驚いたなんてもんじゃなかった。

(元部下で、しかも僕を馬鹿にして笑っていた子が……僕に告白!?)

「お返事は今でなくても結構です。待ってますっ」

僕が言葉を失っている間に、彼女は、たたっ、と背を向けて職場に戻っていく。

「ちょっ……えっ、あの、僕のことを嫌ってたんじゃ……」

残された僕が混乱していると、背後で「こほん」と咳払いが聞こえた。

振り向くと、いつの間に来ていたのか、鈴木さんが立っていた。

（今の、見られた？）

ギクッとなっていると、鈴木さんが、ふわっ、と微笑みを浮かべた。

「課長、お客様がお見えです」

「あ、神保銀行の……」

「会議室Bにお通ししました。お茶をお持ちしますね」

「あ、ああ、ありがとう」

僕は急いで会議室に向かった。

その夜——。

「絶対、見られたよな……」

部下の帰った職場で残業を続けていた僕は、ふう、とため息をついた。

（どう思ったんだろう……鈴木さん）

彼女の微笑みが何度も頭の中に浮かび上がり、今日は仕事が手につかない。

「ああ、もうっ。うじうじしてる場合じゃない！」

コピーを取ろうとした僕は、ポケットから社員証を取り出した。ロック解除をするために、社員証のバーコードが必要なのだ。

と——その拍子に定期入れが落ちた。

「あ……」

社員証と同じポケットに入れていたから、この前もここで今みたいにうっかり落としてしまったのだろう。

定期入れを開き、僕はペロの写真を見つめた。

ふと、両親のなれそめを思い出す。

——ペロが来てから、すぐにママと知り合って結婚したんだ。まさに運命！　だから、ペロは〝幸運の犬〟なんだよ。

「ペロ……僕に勇気をくれるかい？　僕は彼女が好きなんだ——……」

定期入れを閉じ、

「……よし!!」

僕は自分に気合いを入れた。

(この仕事を必ず成功させよう。そうしたら、彼女に堂々と想いを告げるんだ。君が好きだ——……と)

週末——。

いよいよ、イタリアへ向かう日がやってきた。

今回のプロジェクトの本社が北イタリアの都市、ミラノにあるのだ。

初めての海外出張ということで、僕は肩に力が入りまくっていた。生地見本やデザイン見本など、そろえたものに不備はないか入念にチェックをし、席を立つ。

「よし、そろそろ空港へ行かないと。鈴木くん、契約書のファイルを出してくれ。……あれ？」

さっきまで秘書席でパソコンに向かっていた鈴木さんの姿が見えない。

「鈴木くん？　もう時間が――」

焦っていると、コピー機の近くで人影が動いた。しゃがんでいたらしいその人を見ると、青い顔をした鈴木さんだった。

「どうしたんだい？」

「あの……課長、申し訳ありません。書類をすべて失くしてしまいました……」

「……え？」

鈴木さんの言葉を理解するのに、僕は数秒を要した。

「今回のプロジェクトの契約書……今日出発だというのに、申し訳ありません！」

彼女は僕が持ち物のチェックをしている間に、あちこち捜していたのだろう。髪の毛が乱れている。

（う……そだろ……!?）

僕は顔から血の気が引いていた。

「さ……捜すんだ、早く！　早く!!」

机の上をひっくり返し、ロッカーを捜す。今日は休日で、このフロアに出勤している人はいなかった。だから、誰にも頼れない。

僕たちふたりの席の近くには見当たらず、職場全体に捜索範囲を拡げて、他の席やキャビネットの中を手当たり次第に捜した。

しかし、書類は見つからず……

時間は無情に過ぎ去っていく。

（そういえば、こんなことが昔にもあった）

記憶の片隅で、遠足の日になくなった片方の運動靴がふと浮かんだそのとき、だめ元でバイク便の箱を調べていた僕の指先に、目的のものがふれた。

「あった！　鈴木くん、見つけたよ!!　バイク便の箱に埋まってた！」

叫びながら、僕の手は契約書の入ったファイルをつかんでいた。

「なんで、そんなところに……」

「そんなこと、今はどうでもいい。急ごう、飛行機に間に合わない！」

僕はカバンにファイルをしまい、上着をつかんだ。

空港までタクシーを飛ばし、僕と鈴木さんはカウンターに直行した。

「申し訳ございませんが、お客様のお乗りになる予定の飛行機は、たった今、離陸するところです」

航空会社の職員にそう言われ、僕は絶句した。

「そ……んな」

チケットと腕時計を見比べる。確かに出発時刻を数秒過ぎたところだった。

「乗客が遅れている場合、出発を遅らせたりするのでは……？」

鈴木さんが職員に尋ねると、

「そういう場合もございますが、本日は――」

どんっ。

職員の言葉を遮り、僕はカウンターを叩いた。

「とにかく、次の飛行機を手配してもらえませんか？　会議に間に合わないと大変なことになるんです！」

そのときだった。

ドッ！

という大きな音が、空港全体を揺らしたのは。

「な、なに……？」

「今の音……なにか爆発したのか？」

僕は鈴木さんの腕をつかみ、彼女を引き寄せる。

「いったいなにが――」

すると、

「たっ大変だ!!」

「飛行機から火が――っ!!」

と、騒ぎが聞こえてきた。

「飛行機から火……？　爆発か？」

一瞬、テロかと思い、僕は身構える。

「落ち着いてください！　皆様、今いる場所から動かず、係員の指示があり次第、移動を開始してください！　繰り返します！　皆様――」

いち早く動いた空港職員が声を張り上げるが、言うことを聞く客はあまりいない。

空港中がパニックになり、僕たちの後ろで待っていたサラリーマンがカウンターに飛びつくように駆け寄ってきた。

「おい、俺の乗る飛行機は、ちゃんと飛ぶんだろうな!?」

「お待ちください、ただいま状況を確認しますので――」

見れば、似たような客があちこちにいて、カウンターの職員に迫っている。

「これじゃ、当分、無理か……」

(僕はもともと冴えない男……今までがうまくいきすぎたんだ)

絶望的な気分に陥っていると、

「あの、課長……」

と、鈴木さんの声がした。

ハッとなって、僕は彼女から離れる。

「あ、ごめん……」

無意識のうちに彼女を守ろうとして、彼女の肩に手を回し、胸に抱え込んでいたのだ。

「いえ……守ってくださって、ありがとうございます。私、他の空港から飛ぶ便を探してみます。数時間遅れか、もしくは一日遅れになるかもしれませんが、このような事故が起きたのですから、先方はきっとわかってくださいます」

「あ、ああ……わかった。頼む」

さすがは秘書。彼女はタブレットを取り出し、名古屋や大阪の空港から飛ぶ便の空き情報を検索し始めた。

飛行機が見つかった場合、新幹線で移動すればなんとかなる。

おかげで冷静になれた僕は、

「まず先方に連絡を――」

ミラノの取引先に電話をかけようと、ケータイを取り出す。

そして――画面を立ち上げたとき、ニュース速報が流れた。

今、まさにこの空港で起きた事故の情報だ。

驚きで、僕は目をみはる。

「これは……もしかして、僕たちが乗るはずだった……」

航空会社、便名、出発時刻――今となってはただの紙切れとなったチケットと、すべてが一致する。

(僕が乗るはずだった――……)

僕の脳裏に、子どもの頃、巻き込まれそうになったバス事故のことが思い浮かぶ。

そして、ペロの顔が。

(まさか――!!)

僕は振り返って、後ろに立つ鈴木さんを見た。

「まさか、君は……」

あれから、八年後――。

「あはは、あはははっ。も――くすぐったいよぉ――♥」

我が家のリビングには、楽しげな子どもの声が響いていた。

子犬と戯れているのは、七歳になる僕の息子だ。

「こいつ、ペロペロなめるから、ペロって名前にするよ！　ねっ、パパ！　ママ！」

子犬に顔をなめられながら、息子が元気よく笑った。

そこへ、妻のみずほがキッチンからお茶を運んできた。

「ペロ……いい名前ね」

彼女が、ふわっ、と微笑み、湯呑みをテーブルの上に置く。

僕の秘書をやっていた頃も、彼女は僕が「お茶を淹れてほしい」と頼む前にお茶を持って来てくれていた。

結婚した今も、彼女の気立ての良さは、まったく変わらない。

ソファの隣に座った妻に、僕はうなずく。

「ああ、〝幸運の犬〟の名前だ」

犬を飼いたい――という息子の願いが天に届いたかのように、先日、会社の同僚から「子犬をもらってほしい」と言われ、今日、僕が引き取ってきたのだ。

「あはは、かわいいなあ、ペロは！」

偶然にもペロと同じ名前になった子犬と、はしゃぐ息子を見つめ、僕は思った。


きっと……。

いつかきっと、ペロは、おまえのために愛の奇跡を起こすだろう――と。

クリスマスプレゼント

1. 大好きなシトリン

ボクはパール。

ウエストハイランドホワイトテリアの雑種。

飼い主のあかりちゃんが大好きだ。

ついでに、春休みも大好きだ。

なぜかって？

だって、学校に行かなくていいから、あかりちゃんが家にいる時間がいつもより多くなるし、その分、一緒にいる時間が増えるからね。

そんなわけで、今日は午後からお散歩に出た。

（わーい、わーい、お散歩、お散歩、うれしいな♪）

足取りも軽く、ボクは歩く。

「ふふ、今日はいいお天気だね、パール」

そして、いつもの散歩コースの途中にある、四つ角を右に曲がろうとしたときだった。

「あれ？　あの家、誰か引っ越してきたみたい」

四つ角の左、二軒先――つい先日まで空き家だった二階建ての家の前に、引っ越し業者のトラックが止まっていて、つなぎを着たお兄さんたちがタンスや椅子を抱えて運んでいる。

そのとき、

「わんわんっ」

という犬の鳴き声が聞こえてきて、ボクは思わず耳をピーンと立てた。

その鳴き声は、あかりちゃんにも聞こえていて、

「あのお家、ワンちゃんがいるみたいだよ。行ってみようか」

「わんっ」

あかりちゃんと一緒にその家の前まで行くと、柵の向こうに芝生の庭が見えた。

庭の隅には、赤い屋根の小さな犬小屋があって、入り口に「シトリン」って書かれた楕円形のプレートがかかっている。

（シトリンっていうんだ。どんな子だろう）

そのまま見ていると、家の中から小太りのおばさんが、一匹の犬を抱えて庭に出てきた。

トイプードルの雑種かな。

「シトリン、お待たせ。犬小屋はここよ」

「わんっ」

おばさんの腕から、シトリンが飛び降り、はしゃいで走り回る。

「わんわんっ」

『新しいお家、素敵だわ！』

引っ越しと同時に新しく買ってもらったらしく、シトリンは喜んで犬小屋の周りを走り回っている。

茶色い毛並が陽の光に当たって、金色に輝いてとても綺麗だ。

首輪にも、「シトリン♥」って名前を書いた小さなプレートが下がっている。

（かわいいなあ、あの子）

ボクが見とれていると、ボクたちに気づいたシトリンが柵の前まで走ってきた。

「わんわんっ」

『こんにちは、お散歩の途中？』

「わん！　わんわんっ！」

『うん、ボク、パールっていうんだ。こっちは、あかりちゃん』

すると、ボクたちの声を聞きつけたおばさんがこちらへやってきた。

「シトリン、どうしたの？　あら、こんにちは。お嬢さん、ワンちゃんのお散歩の途中？

私、今日引っ越してきた日比野といいます」

にこやかにあいさつされて、あかりちゃんは緊張しながらあいさつする。

「わ、私は藤本あかりです。この子はパール、男の子です」

「まあ、白くて綺麗なワンちゃんね。よかったら、うちのシトリンと仲良くしてあげてちようだいね」

「わんわんっ」

『言われなくても、もう仲良しよ。ね、パール』

「わんっ」

『うん！』

次の日のお散歩から、あかりちゃんはシトリンの家の前を通るコースにしてくれた。

日比野のおばさんもシトリンの散歩コースに、時折、ボクの家の前を通る道を選んでくれて。

「こんにちは、あかりちゃん」

「おばさん、こんにちは。いいお天気ですね」

「私、蒸しパンを作ってきたの。よかったら、おやつに食べてちょうだい」

「わあ、おいしそう！　いただきます！」

あかりちゃんとおばさんも、時折、縁側でふたりでお茶を飲んだりしていて、すっかり仲良くなっていた。

『シトリン、ボール遊びしない？』

『ええ、いいわよ』

『よし、そーれっ』

ボクとシトリンは庭を走り回って、ボールを追いかけたり取り合ったりして遊んだ。

やがて、春休みが終わって、あかりちゃんは朝早く出て夕方帰ってくる生活に戻ったけど、ボクは前ほどさみしいとは思わなかった。

だって、散歩に出ればシトリンに会えるから——。

春は、シトリンの家の庭の桜が散る様を一緒に眺めたり、庭を走り回ってたんぽぽの綿毛を散らして、風に乗って飛んでいく綿毛を追いかけたりした。

夏は、おばさんがホースの水で虹を作ってくれて、ボクとシトリンは水しぶきを浴びながら、とにかくはしゃいで走り回ったりした。

走り疲れると、ふたりで日陰に寝そべって。

風鈴の音を聞きながら、スイカをごちそうになっているあかりちゃんとおばさんの楽しそうな笑い声を、うとうとしつつ聞いたりして。

秋は落ち葉を踏みしめて、夕暮れに沈む町の景色を眺めたりした。

シトリンがこの町に引っ越してきてから、ボクは毎日、楽しかった。

大好きなあかりちゃんと、大好きなシトリン。

ふたりの明るい笑顔を見ていると、ボクはとってもしあわせになったんだ。

それなのに――。

冬になったら、あかりちゃんが急に冷たくなったんだ。

2. シトリンに会いたい

「ただいまー」

玄関ドアが開いて、中学の制服を着たあかりちゃんが帰ってきた。

リビングで寝そべっていたボクは、すぐに廊下に飛び出し、あかりちゃんを迎えにダッシュ！

「わんわんっ、わんわんっ」

（お帰り、あかりちゃん！　今日こそは、お散歩連れてってくれるんでしょう⁉）

あかりちゃんの足にまとわりついて、ボクはおねだりする。

あかりちゃんは中学三年生。

高校受験で勉強が大変な時期になったから、っていう理由で、最近、散歩に連れていってくれなくなった。

前は、

「机に向かってばっかりいると、背中が丸まっちゃうしね。パールとのお散歩はいい運動だよ。ありがとね、パール」

なんて言って、朝と夕方の散歩は欠かさず行っていたのに。

（ねえねえ、あかりちゃん。運動しないと、背中が丸まっちゃうよ？　もう何日も行ってないし、そろそろいいでしょう？）

けれど、あかりちゃんは、

「パール。ちょっとどいて。これから友だちと、クリスマスプレゼント買いに行くの。来週イブだし」

と言いながら、自分の部屋に入っていく。

（またぁ〜〜〜!?）

受験勉強が優先だからと思って、ボク、ずっと我慢してきたんだよ。

それなのに、今日は遊びに行くの？

「ねえ、パール。こっちのワンピとミニスカート、どっちがいいかな？」
あかりちゃんがクローゼットから洋服を二着引っ張り出して、ボクに見せる。
（そんなの、どっちでもいいよ！）
ぶ——っ！
ボクは不満たらたらな目で、洋服選びに夢中なあかりちゃんを見る。
（なんだよぅ、自分ばっかり。ボクだって、友だちに会いたいんだぞー）
ボク、シトリンに全然会ってないんだよ？
あかりちゃん、それに、気づいてる？
（シトリン……。もう、しばらく会ってないけど元気かな）
最後にシトリンに会ったの、いつだっけ？
日比野のおばさんも、あかりちゃんみたいにクリスマスや年末の支度で忙しいのかな？
シトリンも散歩に全然来ないよね。
（それとも、うちの前を通るの、やめたのかなあ……）

でも、ボクはシトリンにとって、この町で最初にできた友だちだよ？　それに、おばさんだって、あかりちゃんと仲良くなってたのに。うちを避ける理由、あるのかな……。

——パールがいつもこの道を通ってくれて、うれしいわ。ずっと仲良くしてね！

——わたし、パールに会えてよかった！

ふと、シトリンの声が脳裏をよぎった。

(そうだよ、シトリンがボクを避ける理由なんかあるはずないんだ！)

きっと、おばさんが忙しくて散歩にいくヒマがないとか、具合が悪くて外に出られないとか、聞けば「そうだったんだ〜〜」と簡単に納得できるような理由に決まってる。

(やっぱり、ボクが会いに行こう！)

早く、シトリンの元気な顔を見て安心したい。

その一心で、ボクは居間の窓に走った。

この掃き出し窓を開ければ、庭に面したウッドデッキに出られる。

ガリガリガリ。

前足の爪を立てて、なんとか窓を開けようとがんばっていると、制服から私服に着替えたあかりちゃんが飛んできた。

「ちょっと、パール！」

ガリガリガリガリ。

窓に鍵がかかってるけど……あきらめるもんか！

ガリガリガリガリガリ。

「やめてったら!!　今日はお散歩なしなの!!」

あかりちゃんはカーテンをシャッと閉めた。

ボクは仕方なく窓から離れ、あかりちゃんを振り仰ぐ。

「わんっ」

(今日もでしょ!!)

どうして？

どうしてなの、あかりちゃん。

（いつもシトリンのとこへ連れてってくれたじゃないかぁ！）

「わんっわんっわんっ」

あかりちゃんはボクを振り切り、すたすたと歩いて玄関に向かう。

そして、一度ボクを振り返り、

「……パール。いい子にしててね。行ってきます」

あかりちゃんは怒っているのか、悲しんでいるのか、よくわからない複雑な表情を見せて、出かけていった。

パタン……。

玄関のドアが閉まると、ボクはひどく孤独を感じた。

（あかりちゃん、ボクのこと嫌いになったの？）

ボクはとぼとぼと居間の窓の前に戻る。

窓の向こうには、シトリンとよく遊んだ庭が広がっている。

(最後のお散歩は、確か……)


半月ぐらい前かな。

あの日は、シトリンに会えなかった。

いつものように四つ角を左に曲がろうとしたら、

「パール、そっちはダメ」

と、あかりちゃんがリードを引っ張ったからだ。

(だって、シトリンの家こっちだよ。はやくはやくぅ)

「私、これから友だちと約束があるの。そっちは遠回りだからダメ」

あかりちゃんは腕時計を見て、足早に右に曲がった。

(今までこんなことなかったのに……。あかりちゃんはきっと、ボクのことが面倒になったんだ)

受験の追い込みで、イライラしているのかな。
ボクとの散歩より、友だちと会っておしゃべりしたほうが、気が晴れるんだろう。
ボクはそう思って、おとなしくあかりちゃんとの散歩を終えたんだ。

（シトリン……会いたいよ）
（また、ボール遊びがしたいのに……）
（シトリンと遊ぶのは、本当に楽しくて楽しくて……）
次の瞬間、ボクは、ハッとなって顔を上げた。
違う可能性に気づいたんだ。
（ま……まさか、こうしている間にも、ボクの知らない犬と……）

『結婚しよう、シトリン！』
『うれしい♥』

『楽しい家庭を築こうな』

『ええ。あ、見て、パール。赤ちゃんも生まれたのよぅ――♥』


キリッとした顔のイケメンな犬と、シトリンがしあわせそうに寄り添って、たくさんの子どもたちに囲まれているシーンが思い浮かんだ。

（シトリンはかわいいから、散歩の途中で見初めた犬がいたのかもしれない！　もしかしたら、あかりちゃんはボクにそれを見せたくなくて――……）

そこまで考えたとき、ボクの頭の中は焦りでいっぱいになっていた。

あわわわわ……。

（わ――っ、シトリン待って――っ、今、行くから……）

ボクはあわてて窓を開けようと、ガリガリと爪を立てる。

そのときだった。

ポツ……と、水滴が窓ガラスに当たった。

雨が降ってきたんだ。

庭には、ふたりでよく遊んだボールが泥だらけで雨に打たれていて。

ウッドデッキの端には、ボクの散歩用の首輪とリードが無造作に置かれて、雨に濡れるがままになっている。

なんだか、世界中の誰からも振り向いてもらえないような、そんなとてつもない孤独と悲しみを感じて、ボクは絶望的な気分になった。

(シトリンに会いたい――……)


「パール、また外見てるの?」

あかりちゃんの声に、ボクは目を覚ました。

いつの間にか、窓辺で眠ってしまったらしい。

少し開いていたカーテンを、あかりちゃんがシャッと閉める。

「もう寝る時間なんだから、カーテン開けないで」

(あかりちゃん……)

ボクはあかりちゃんについて部屋に行く。

あかりちゃんがベッドに入ると、ボクが掛布団の上に乗ってあかりちゃんの隣で眠る。

いつものとおりにすると、あかりちゃんはボクの頭を撫でてくれた。

(嫌われてるわけじゃ……ないんだよね?)

あかりちゃんの手はあたたかくて、やさしくて。ボクは安心する。

「私、明日早いんだ――。ミホちゃんたちとクリスマスパーティー行くから。パールにもなにかおいしいものお土産に持ってきてあげるね!」

おやすみ、とあかりちゃんがリモコンで部屋の電気を消した。

ボクは暗闇の中で、ぎゅっと目を閉じる。
にじんでいた涙が粒になって落ちて、掛布団を濡らす。
（おいしいものなんて、いらない）
（なにもいらないから）
（シトリンに会わせて）
（サンタさん、もしいるなら）
（いるなら、どうか――……）

3. クリスマスプレゼント

ぱち。

目が覚めると、朝だった。

あんまり寝てないような気がするけど――。

ベッドの中に、あかりちゃんの姿はなかった。

（あかりちゃんは、もう出かけたあと……か）

今日もボクは、家の中でずっと過ごさなきゃいけないのかな。

と、そのとき――。

「わんっ」

と、聞き覚えのある鳴き声がした。

（この声は……）

ボクはベッドから飛び降りて、居間の窓へと走り、カーテンの下からもぐって外を見た。

すると――。

（シトリン！）

日比野のおばさんに連れられて、シトリンが門扉を抜けてやってきた。

いつもと変わらない、かわいい顔でボクを見てる。
(シトリン、会いたかったよ!)
ガリガリガリ!
ボクが必死で窓に爪を立てると、奇跡が起きた。
窓が開いたんだ!
(シトリン、待ってて! 今、行く――)
ボクは夢中で庭へ飛び出し、シトリンのもとへと走った。
『シトリン――!! どうしてたの、ボク、すごく心配してたんだよ』
『ごめんね、パール』
シトリンは涙を浮かべていた。
その顔がたまらなくいとおしくて、ボクはシトリンの鼻に自分の鼻を寄せる。
『……すごく、会いたかったよ……!』
『わたしもよ、パール。会いたかった』

鼻を寄せ合って、見つめ合って……。
再会を喜んだあと、シトリンがこう言った。
『パール、ボール遊びしましょうよ』
『え……いいの？』
『だって、わたし遊びにきたのよ！』
くすっ、とシトリンが笑う。
ボクはたちまちうれしくなって、
『うん……っ、遊ぼう!!』
庭の隅に転がっていたボールを取ってきた。
雨に濡れて泥だらけになっていたはずのボールは、いつの間にか綺麗になっている。
（出かける前に、あかりちゃんが拭いておいてくれたのかな？）
ボクはそう思いつつ、
『シトリン、行くよ〜〜〜！』

とボールを蹴った。

そうして、いつものように追いかけっこをしたり、大声で笑い合って、ボクたちは久しぶりに思いきり遊んだんだ。

(よかった、これからもシトリンと会えるんだ！)

会えなかった時間が嘘のように、心の中に降り積もっていた孤独や悲しみを溶かしていく。

『ねぇ、シトリン、明日はボクもそっちへ行けるように……』

あかりちゃんにお願いしてみるよ、と言いかけたボクに向かって、

『パール、ありがとう』

と、シトリンはなぜか改まって言った。

『すごく楽しかった！』

そうして、シトリンは踵を返し、歩いていく。
『えっ!? シトリン、もうお家に帰っちゃうの!?』
『パールに会えて、本当によかった』
背を向けて去っていくシトリンに、ボクは叫んだ。
『待ってよ、シトリン！ もっと遊ぼうよぉっ！』

(遊ぼ……)
次の瞬間、ボクは、
どてっ。

と、ベッドから転がり落ちていた。

「きゃう！」

「ぷっ、なに寝ボケてんの、パール。おはよー」

先に起きていたあかりちゃんがパジャマ姿のまま、居間へと向かう。

（なぁんだ、夢かぁ――。ちぇー……楽しかったのに――）

本当に楽しい夢だった。

寝る前にサンタさんにお願いしたからかな。

さみしさに押し潰されそうになっていたボクを見かねて、あの夢をプレゼントしてくれたんだね。

「今日は雪が降るみたいよ。ホワイトクリスマスなんて、ステキなパーティーになりそう」

居間のほうからあかりちゃんの声がして、同時にガラッと窓が開く音がした。

ボクがそばにいないから、油断して開けたんだ。

（今だ！）

ボクは全速力で居間へと走り、冬の風に揺れるカーテンをすり抜けて、庭に飛び出した。

「パール!?」

「わんわんっ」

（やっと外に出られた！）

ボクは道路に出て、とにかく走った。

そして、いつもの四つ角に出ると、左に曲がった。

（やったぁ――!!　今度こそ本当に、シトリンと遊べるぞ――っ!!）

シトリンの家の前には、すぐに着いた。

こんなに近いのに、ここに来るまでの時間がとてつもなく長かった。

いつもの柵の前で、ボクは尻尾を振りながら、犬小屋に向かって声をかける。

『シトリーーン、あーそーぼー!!』

『やっと遊びに来れたよ！　シトリン、いないの――？』

よく見ると、犬小屋の中の毛布が丸く盛り上がっている。

シトリンが寝ていると思ったボクは、よく見ようと少し歩き、角度を変えて犬小屋のほうを見る。

けれど——……。

(シトリン……？)

毛布の上には、シトリンの首輪がのっているだけで。

『え……』

そして、ボクの視界に、あるものが映った。

犬小屋の横の土が盛り上がっていて、その前にエサ皿と水皿が置かれていた。

なぜか花も供えてあって。

(まるで、お墓じゃ——……)

次の瞬間、ボクはすべてを悟った。

会えない時間に、なにが起きていたのかも。
昨日の夢で、どうしてシトリンが「ありがとう」って改めてボクに言ったのかも。

「……ウオオオオオオオオオオ！　ウオオオオオオ――――ッ」

全身をこれ以上はないというくらい震わせて、ボクは泣いた。
のどの奥から絞り出すように、嗚咽が出て。
止まらない。

「――ウオオオオオオオオオ！」

そこへ、あかりちゃんが駆けつけた。
あかりちゃんの顔も、涙でぐしゃぐしゃだった。

「パール、ごめん!!　私、シトリンが死んだこと言えなかったの。パールが悲しむって、わかってたから!!　お散歩に行かなかったのも、この道を通らなかったのも……パールが外を見なくなるまで、シトリンを静かに忘れるまでって……」

あかりちゃんは泣き叫んで、膝を抱えて座り込む。

日比野のおばさんが、あかりちゃんには知らせていたんだね。シトリンが急に、天国に逝ってしまったことを。

「パール、ごめんねぇ……っ!!」

——……。

————…………。

——————………………。

どれくらい経ったのだろう。

ようやく落ち着きを取り戻したボクは、泣いているあかりちゃんを見た。

（あかりちゃんは、やっぱりやさしかった……。ボクの大好きなあかりちゃんのままだっ

たんだ）

なのに、信じられなくてごめんね。

ボクのこと面倒になったのかな、なんて勝手に思い込んでごめんね。

（ごめんね。ごめんね、ボクをそんなに想っていてくれたのに。ボクはちっとも気づかなくて、毎日すねて。ごめんね、あかりちゃん……ありがとう）

ボクが見つめると、あかりちゃんもまっすぐに見つめ返してきた。

「パール……」

ボクたちは今、すべてをわかり合えた。

と、そのとき――。

「見て、パール」

曇天の空から、ふわりふわりと白い粒が降ってきた。

それは、この冬最初の雪だった。

「綺麗ね。まるで空から、真珠が降ってるみたいだね」

（真珠かあ……）

「パール……。パールの名前は真珠って意味だよ。白くて綺麗だから、この名前にしたんだ。パールは生まれたばかりだったから、覚えてないと思うけど……」

空を見上げて、なつかしそうにあかりちゃんがつぶやく。

ボクは赤ちゃんのときに、あかりちゃんの家にもらわれてきた。物心ついたときにはすでに「パール」って呼ばれていたから、その意味を考えたことなんか、これまで一度もなかったんだ。

（そっかあ、ボクの名前は真珠って意味なんだ）

綺麗な名前をつけてくれてありがとう、あかりちゃん。

あかりちゃんは立ち上がり、空に向かって大きく手を広げた。

降ってくる雪を、すべて受け止めようとしているみたいに。

「ねえ、パール。天国から、シトリンがパールの名前を呼んでるみたいだね」

『パール、パール、パール……』

目を閉じると、ボクのまぶたにやさしく雪が落ちてきた。

やさしく、やさしく、やさしく――。

その声は、ボクの心にあたたかく降り積もる。

ボクは天国のシトリンに話しかけた。

（ねぇ、シトリン。あの夢は、サンタさんがボクたちにくれたクリスマスプレゼントだったのかもしれないね――……）

フフ、そうね。

と言うように、雪がふわりと軽やかに、ボクの鼻先に落ちる。

天国のシトリンが鼻を寄せてくれたように、ボクは思った。

そうして、年が明けて――。

冬休みが終わって、いつもの日常が戻ってきた。

あかりちゃんは受験の前で大変そうだけど、朝夕の散歩は必ず行ってくれる。

ある日、いつもの四つ角に来たとき、あかりちゃんが立ち止まった。

「パール、あっちの道を通っても大丈夫……？」

左の道は、シトリンの家の前を通る道だ。

やっぱり、あの犬小屋を見かけるのはつらいから、しばらくは右の道を行っていたのだけれど――。

（平気だよ、あかりちゃん。さあ、行こう！）

ボクは元気よく歩き出した。

いつまでも悲しんでいたら、シトリンに怒られちゃうよ。

日比野さん家の前を通ると、犬小屋の中の毛布の上にはシトリンの首輪が置いてあって、お墓の前にエサ皿も水皿もお花も供えてあった。

クリスマス・イブの朝に見たのと、同じ光景だ。

(おばさん、ごはんも水も毎日替えてるんだろうな……)

おばさんはそうすることで、シトリンを失った悲しみを乗り越えようとしているのかもしれない。

(シトリン、すごく愛されてるよね)

おばさんのことを考えると、ちょっとつらくなったけれど――。

そうして、しばらく進んだときだった。

ボクたちはある家の前で、犬の鳴き声を聞いた。

「わんわんっ」

『オーイ、そこのキミ――』

振り返ると、生垣の間から、にゅっと茶色い犬が頭を出した。

『こんにちは——キミ、この辺の犬？　ボク、越してきたばかりなんだ。よかった、この辺あんまりお散歩する犬いなくって……。ボク、マロン！　友だちになってくれる？』

（も……もちろん、よろこんで。ボクはパール）

突然の申し出に、ちょっととまどったけれど、

ボクはすぐにオッケーした。

『よろしくね、パール！』

マロンがうれしそうに笑って、さっそくボクの名前を呼んだ。

そのシチュエーションが、シトリンに会ったときと重なる。

——わたし、パールに会えて本当によかった！

『……ボクこそ、キミに会えてよかったよ……！』

思わず、そう言うと、マロンが「えっ？」と目をぱちくりさせた。

『あっ、なんでもないんだ、ごめん。よろしくね、マロン!!』

これを見ていたあかりちゃんが、たちまち笑顔になった。

「新しいお友だちができてよかったね、パール！」

「わんっ」

ボクはあかりちゃんを見て、尻尾を振る。

(うん、あかりちゃん。きっと、天国のシトリンも喜んでいると思うよ。ボクが、やっと前を向いたから)

でもね、シトリン。

ボクは心の中で、ずっと君を想っているよ。

これは決して、後ろ向きなことじゃない。

君を想うことが、ボクの力になるんだ。

新しい友だちとも楽しくやっていくから、天国から見ていてね。

すると、ボクの気持ちに答えるように。

ふわり……。

今年最初の雪が降ってきて、ボクの鼻先にそっと落ちた。

Shogakukan Junior Bunko

★小学館ジュニア文庫★

天国の犬ものがたり～僕の魔法～

2017年12月 4 日　初版第 1 刷発行
2024年 1 月21日　　第 6 刷発行

著者／藤咲あゆな
原作／堀田敦子
イラスト／環方このみ

発行人／井上拓生
編集人／今村愛子
編集／油井 悠

発行所／株式会社　小学館
〒101-8001　東京都千代田区一ツ橋２－３－１
電話　編集　03-3230-5105
販売　03-5281-3555

印刷・製本／加藤製版印刷株式会社

デザイン／水木麻子

Printed in Japan　　ISBN 978-4-09-231200-5